790

W0223171

EL CANGUR

168

Xavier Rubert de Ventós

Per què filosofia

Edicions 62

Barcelona

La primera edició de *Per què filosofia* va ser publicada el 1983 dins la col·lecció «L'Escorpí-Idees» i ha estat reimpresa en sis ocasions.

Són rigorosament prohibides, sense l'autorització escrita dels titulars del «copyright», sota les sancions establertes a la llei, la reproducció total o parcial d'aquesta obra per qualsevol procediment, incloent-hi la reprografia i el tractament informàtic, i la distribució d'exemplars mitjançant lloguer o préstec públics.

Disseny de la coberta: Pep Trujillo.

Primera edició dins «El Cangur»: maig de 1995.
Tercera edició: octubre de 1998.
© Xavier Rubert de Ventós, 1983 i 1995.
© d'aquesta edició: Edicions 62 s/a.,
Peu de la Creu 4, 08001-Barcelona.
e-mail: correu@grup62.com
internet: http://www.edicions62.com

Imprès a Romanyà/Valls s.a.,
Plaça Verdaguer 1, Capellades.
Dipòsit legal: B. 44.654-1998.
ISBN: 84-297-3913-0.

Sota el títol *Per què filosofia?* he aplegat, en la seva forma original, quatre «lliçons» emeses pel Circuit Català de Televisió el mes d'octubre de 1981 i una sèrie de tres articles publicats al diari «Avui» el mes de gener del mateix any.

Tant en l'un com en l'altre cas volia dirigir-me a un públic no necessàriament format, ni tan sols informat, d'allò que és o fa la filosofia. Pensava especialment en un públic jove a qui el mot «filosofia» no digués gaire cosa ni despertés massa passions —un públic al qual filosofia els sonés més aviat a «embolicar la troca» o a «buscar tres peus al gat». I allò que els volia transmetre era precisament la sensació que la «filosofia» és una cosa present i implicada en la seva vida quotidiana; que no és en definitiva sinó un tarannà peculiar, una manera crítica i radical alhora de mirar el que veuen, d'atendre el que passa, d'entendre el que ja saben.

És per això que en cada un dels temes tracto sempre de partir d'un exemple quotidià, d'una frase feta o d'un acudit, per a mostrar com des d'ells —en ells mateixos— pot trobar-s'hi tota la filosofia. En la primera part empro amb aquest fi imatges visuals i exemples de la nostra parla. En la segona és un personatge, Joan Crexells (1896-

1926) qui em serveix de fil conductor i connectador de la filosofia amb la nostra realitat viscuda. El fet d'escollir aquest filòsof certament és tot menys casual. La seva obra, alhora curta i incisiva, profunda i miscel·lània, és per a mi el millor exemple o emblema de la filosofia catalana moderna. És en ell i amb ell que tracto, doncs, de retrobar els trets o les traces no sols d'allò que és fer filosofia, sinó, molt precisament, del què és i pot ser fer filosofia a Catalunya.

I. DE LA IMPORTÀNCIA DE VEURE-HI FOSC

Des del primitivisme i la neurosi

> «El mètode d'afirmar o postular allò que necessitem té molts avantatges: els mateixos que té el robatori en relació al treball honrat.»
>
> Bertrand RUSSELL

En la sèrie de xerrades que avui inauguro us parlaran, penso, d'una colla de temes prou diversos. Us parlaran d'Art, de Literatura, de Cosmologia o de qui sap què. I és possible que de vegades no entengueu massa allò que us expliquen; que no acabeu de veure-hi clar. Doncs bé, jo voldria començar aquestes xerrades parlant precisament de la importància i les virtuts que té això de no veure-hi clar; mostrant-vos que, des d'un punt de vista filosòfic, aquest no veure-hi clar no és sempre una limitació i que pot fins i tot ser un triomf, un ideal a conquerir.

És quan dormo que hi veig clar, diu el vers de Foix. Doncs bé, jo penso que el vers podria complementar-se amb un «és quan estic despert que hi veig fosc». I tant més fosc hi veig, en efecte, com més m'estimo o més m'interessa el tema en qüestió. En certa manera les coses es desenfoquen i esdevenen borroses quan més ens hi apropem: com si tots plegats patíssim d'una rara hipermetropia teòrica. Enfront d'allò que no ens interessa ni ens estimem massa, tenim sovint la sensació que ja sabem «de què va» («ah sí, és un típic això o allò»), però només que comencem a estimar-nos-la i a conèixer-la de debò, de seguida sentim que no entenem la cosa o la persona tant com voldríem. D'aquí que jo subscrigui plenament la sentència d'aquell savi xinès que deia que «qui tot ho entén... és que està mal informat». Sentència que podríem complementar encara, com ho hem fet amb el vers de Foix, amb un «només creiem entendre perfectament... allò que, en el fons del fons, no ens importa».

Aquest és doncs el nostre tema, que estructuraré en quatre xerrades. En la primera explicaré d'on ve aquesta necessitat que tenim de veure-hi clar, i tractaré tot seguit de definir el tarannà o l'actitud filosòfica en oposició precisament a aquesta *necessitat* convulsiva que tenim d'aclarir-nos, de saber de què va tot. Intentaré tot seguit de mostrar d'on ens ve la *possibilitat* de fer-nos efectivament la il·lusió que tot ho tenim entès i ben entès, al sac i ben lligat. I un cop més mostraré com la filosofia neix només quan es comença a desconfiar d'aquesta suposada claredat que ens donen els nostres hàbits perceptius i mentals, aliats amb l'estructura mateixa de la llengua que emprem. Ara bé, en desenvolupar aquest tema, miraré d'evitar en la mesura del possible els arguments o exemples filosòfics que requeririen coneixements especialitzats. Utilitzaré, en comptes d'això, exemples quotidians o imatges visuals que ens serveixin per donar una idea de què és i per què neix aquesta actitud filosòfica enfront de totes les coses.

Comencem, doncs, per l'esmentada primera part. Per què necessitem, en efecte, veure-hi clar? A mi em sembla que es tracta d'una necessitat més vital que pròpiament intel·lectual: una necessitat que fins i tot gosaria qualificar d'atàvica o neuròtica. ¿Però no és una mica bèstia això de qualificar d'atàvic o neuròtic l'anhel de comprensió? Vegem-ho.

Sabem que els anomenats «pobles primitius» tenen una autèntica obsessió per explicar-ho i classificar-ho tot. Cada persona, bèstia, poblat o esdeveniment ha de pertànyer i ha d'ocupar un lloc dins del seu clan, grup, estirp o contrada. Res no ha de quedar fora d'aquest sistema classificatori. És més, qualsevol persona, objecte o fenomen que no cap ni es deixa encabir dins del seu sistema classificatori és considerat com nefand, com dolent, com perillós. Són, així, dolents els animals de sang freda pel que tenen d'«atípic»; són perilloses les ambigües zones limítrofes entorn de les cabanes, que no són ni ben bé selva ni ben bé poblat; són nefandes les èpoques intermèdies entre l'estiu i l'hivern, o els dies dels quals hom té una imatge més o menys borrosa... ¿I no penseu que és una necessitat «primitiva» d'aquesta mena la que expressa encara la nostra superstició envers els dimarts i els divendres? Diumenge és el dia de festa; dilluns, el primer dia feiner; dijous és el dia central de la setmana. Però, què passa amb els dimarts i els divendres, amb aquests dies que no són ni carn ni peix? Doncs passa que, com que som encara una mica primitius, diem que en aquests dies *«ni te cases ni te embarques»*.

Els «primitius», hem dit, són els més preocupats per *classificar-ho* tot. I cal afegir que són, també, els més preocupats per a *entendre-ho* tot, per conèixer la raó de tot. Per a ells, que una persona mori, que neixi un setmesó o que hi hagi una secada no pot ser de cap manera quelcom de «casual»: ha de ser, per contra, «causal». Un esdeveniment important o singular com aquests ha de tenir una causa que estigui a la seva altura; una causa tan transcendent com l'efecte produït. D'aquí que en aquestes poblacions es busqui sempre una explicació com més excelsa i més llunyana millor; d'aquí que els sembli més «lògic» que la mort d'un home hagi estat causada per un mal d'ull o per un déu enutjat que no pas per un virus o una ensopegada. I cal reconèixer que, també en això, encara en som nosaltres una mica, de primitius. Penseu que no fa gaires anys el *padre* Ocaña, jesuïta, deia en les seves classes de filosofia: *«Este argumento, como demostración, es en latín.»* Avui ens fa somriure la retòrica del *padre* Ocaña, però en definitiva tot sovint fem i pensem com ell. La diferència rau en el fet que nosaltres diem que aquest o aquell argument, com a prova, ha estat quantificat, o que té una base estadística o que ha passat pels ordinadors o que s'ha comprovat a no sé quina Universitat americana o... Els ordinadors i les xifres que no entenem tenen ara la màgica força del convenciment que tenia el llatí, que tampoc no s'entenia. I és que els homes, en efecte, tenim una rara tendència a creure que les coses són clares i conclusives quan ens les expliquen en termes que no entenem: de vegades, en efecte, semblem més fets per a la dialèctica o la teologia que no pas per a sumar i restar.

He apuntat en quin sentit la necessitat de veure-hi clar i de donar a tot un nom contundent és una necessitat en certa mesura «primitiva». Però dèiem al principi que és també una necessitat «neuròtica». Per què en dèiem neuròtica? Un conegut tret neuròtic és precisament aquesta necessitat convulsiva de veure-hi clar: el fet de no saber simplement *veure* sense necessitat d'*entendre,* o ser incapaç d'atendre a *allò* que les coses són sense haver d'esbrinar-se el *perquè.* Hi ha un dibuixet de Mafalda i Susanita que exemplifica prou clarament aquesta actitud neuròtica:

Com veieu, la Susanita ja és una neuròtica incipient que vol saber-ho tot —el com, el què, el qui, etc.—, i una bona candidata per acabar, de gran, paranoica perduda. El famós cas de paranoic estudiat per Freud, el cas del doctor Schroeder, era precisament el d'un personatge que no podia acceptar que en el món hi hagués res de «casual». Si el doctor Schroeder, per exemple, intentava d'anar dues vegades al wàter i se'l trobava ocupat per un altre, immediatament es deia: «Ah!, això vol dir que hi ha una força oculta que cada vegada que estimula els meus budells, un poc abans estimula els d'un altre, per tal que quan jo vagi al wàter el trobi sempre ocupat.»

La recerca obsessiva del «sentit» de tot acaba així fàcilment en la paranoia. Entraré per exemple a una tenda, em trobaré que els dependents parlen entre ells sense fer-me cas, i aviat conclouré que hi ha una conspiració dels dependents per tal de no servir-me *a mi*. Sortiré llavors al camí i els moviments dels xipresos al vent em semblaran «senyals» que es fan els uns als altres tot dient-se: «mira aquest desgraciat, que volia comprar un mitjons...». Per a mi no hi haurà ja res de casual o d'aleatori: tot tindrà un sentit que jo aniré endevinant, desxifrant aquí i allí —fins que em tanquin... Ara bé, el que vull apuntar amb tot això és que aquella necessitat de veure-hi clar, d'entendre-ho tot, de posar un mot sobre cada cosa, respon no tant al nostre desig de coneixement com al nostre desig d'apaivagament; que no és tant un producte de la nostra curiositat com de la nostra ansietat; que més que expressió del nostre interès pel món és producte de la nostra por que en tenim.

I bé, fer filosofia és en certa manera ser prou valent o prou ingenu per acceptar que no hi veiem clar. Per acceptar el desconcert i fins i tot el desfici que ens produeix el que no entenem. Sovint se cita com a frase inaugural de la filosofia l'expressió de Sòcrates: «Només sé que no sé res.» I és que, efectivament, la filosofia ni sap gaire ni dóna quasi res. No dóna, per exemple, ni la seguretat que ens ofereix la ciència, ni el gust que produeix l'art, ni el consol que ens pot donar la religió. La filosofia no clou, ni culmina, ni satisfà res; la filosofia és més aviat el corc, el verí, la inquietud, l'eterna recerca del pensament insatisfet, el cul d'en Jaumet de l'esperit.

Atrevir-se doncs a no veure-hi clar i, en lloc de buscar desesperadament una resposta o un significat per a totes les coses (una explicació, un text, un mot, un concepte per apaivagar la nostra angoixa), acceptar que tot sovint no les entenem, això és una actitud filosòfica. Una actitud que més que buscar respostes, el que fa és burxar en les incerteses i qüestionar les preguntes mateixes.

Tractaré ara de donar-vos tres exemples d'aquesta actitud; tres exemples que no seran específicament filosòfics, però amb els quals pretenc de trametre-us com qui diu la «flaire» d'allò que és fer filosofia. Filòsof, en efecte, és aquell qui veu en cada resposta o claredat un nou problema o una nova foscúria. D'aquí ve que en lloc de respondre les preguntes tendeixi a dur-les més enllà, i cal reconèixer que en això s'assembla molt a les criatures. Els nens petits, com sabeu, sempre fan més preguntes del compte:

—I per què treballes tot el dia, pare?
—Perquè tu puguis anar a l'escola.
—I per què he d'anar a l'escola?
—Per estudiar i aprendre moltes coses.
—I per què he d'estudiar i aprendre moltes coses?
—Perquè quan siguis gran puguis guanyar-te la vida.
—I per què haig de guanyar-me la vida, pare?
—Per poder casar-te, tenir fills...
—I que els fills vagin a l'escola? Així jo vaig a l'escola perquè els meus fills vagin a l'escola, perquè...

Aquest és el moment en el qual els grans no sabem ja què contestar i apel·lem a l'autoritat: «mira, calla i deixa de fer preguntes ximples». Doncs bé, són aquestes preguntes ximples les que no deixa de fer-se el filòsof tota la vida, i en aquest sentit tindria raó qui digués que el filòsof és un individu que no ha sabut assumir ni superar la crisi de l'adolescència. Però és que hi ha una cosa que els nens intueixen i que els filòsofs saben: que tota pregunta duta una mica més enllà del compte no té resposta sinó que ens duu directament a l'absurd, a una paradoxa; que respostes només n'hi ha quan som prudents i no ens plantegem les qüestions fins al final.

Filòsof és, doncs, aquell que duu les qüestions una mica més enllà del compte, amb la qual cosa, en lloc de respondre-les, es fa qüestió de les preguntes mateixes. Filòsof era així, d'una o altra manera, aquell individu que, en preguntar-li de quina província era, contestava:

«Alerta, que en respondre-li de quina província sóc, ja accepto que la divisió natural o racional de Catalunya és en "províncies", que vol dir etimològicament "zona vençuda", ¿ja s'adona de tot el que hi ha d'implícit a la seva pregunta?»

I ho era igualment aquella persona que quan algú li ensenyava un dibuix així:

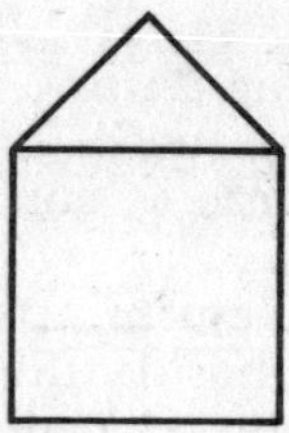

i li preguntava: «Veus aquesta casa?», ell responia:

«¿I qui em diu que això és una casa? Tu ho veus com una casa, però jo puc veure-ho com un quadrat amb un triangle afegit al damunt, o com un rectangle al qual han escapçat els costats superiors, o com...»

Així, com en el cas anterior, en lloc d'acceptar i donar per bona la qüestió, el que fa el nostre interlocutor és denunciar tot el que la pregunta pressuposa o implica ja respecte a la resposta.

Però tot sovint no és ja l'interlocutor, sinó la nostra pròpia temptació de veure-hi clar, el que ens duu a situar els problemes, a definir les situacions i a posar les qüestions allí on voldríem que fossin per no fer-nos-en, de debò, una qüestió. Retallem així el món a la mida de les nostres necessitats, és a dir, a la mida dels compartiments mentals o culturals que tenim ja preparats per a entendre'l. La inquietud dels adolescents?: un problema d'identitat o d'educació; ¿la crisi econòmica actual?: un problema de reconversió industrial o de control monetari; la delinqüència?: un problema policial o judicial. Ara bé, amb això de voler creure que el problema és allí on es pot solucionar, o si més no entendre, ens portem una mica com aquell borratxo de l'acudit que buscava sota d'un fanal:

«I què busca, vostè?», li fa un vianant. «És que he perdut cinc duros», diu el borratxo. «¿És que els ha perdut aquí?» «No», contesta, «no els he perdut aquí, però és que aquí hi ha prou llum per a buscar-los...».

Massa sovint actuem tots com el borratxo, és a dir, volem fer-nos la il·lusió que el problema és allí on nosaltres el podem controlar. Però el que cal, en canvi, el que la perplexitat filosòfica ens pot ensenyar, és que el problema tot sovint és allí on no es deixa veure ni manipular. O, almenys, que està fora d'aquests àmbits de la nostra experiència —la qüestió econòmica, la qüestió sentimental, la qüestió professional, etc.— que ens resistim a barrejar.

Que ens hi resistim, cal afegir, en la teoria. Perquè en la pràctica... en la pràctica ens portem ben distintament. L'economista arriba a la seva oficina i diu: «El problema actual més greu és el de l'atur», i en tornar a casa comenta amb la seva dona que «avui no hi ha manera de trobar minyones». És clar que aquestes dues afirmacions es contradiuen, però el nostre home no s'immuta perquè ell té una «mentalitat d'oficina» i una «mentalitat de casa» perfectament aïllades, clares i distintes. És el mateix home que pot dir a la seva dona: «Mira, pel que no es pot passar és per una actitud autoritària..., i no en parlem més!» Per aquest home allò que pensa i allò que li passa, o allò que sap i allò que fa, són dos compartiments perfectament estancs. Com per a tanta gent, una cosa és per a ell el que llegeix als llibres, una altra el que recorda, i una altra encara el que sent o experimenta, sense posar mai en contacte aquests àmbits de la seva vida. I és així com una persona d'aquesta mena pot passar la vida «tenint principis», «parlant com un llibre», «portant-se com un senyor», «fent carrera» o «tenint idees sobre el cas». Filosofar, en canvi, és arribar a posar en contacte allò que sabem amb allò que sentim, allò que pensem amb allò que fem; arriscar-se tot sovint a veure més —o menys— del que voldríem veure. Menys, en tot cas, del que podríem veure si goséssim prescindir de la seguretat i la claredat que ens donen cada un d'aquests àmbits d'experiència agafats per separat.

Avui hem tractat d'explicar d'on venia la nostra obsessió de veure-hi més clar del compte, i per què la filosofia ha de començar per trobar problemàtic allò que pels altres és evident, clar i transparent, ja que, per estrany que pugui semblar, tot sovint l'*afany de certesa* i *la recerca de la veritat* s'exclouen. El dia vinent veurem de

quins mitjans ens servim per tal de fer-nos aquesta idea clara i transparent de les coses —idea que ens permet d'estalviar-nos de mirar-nos-les a fons tot construint-nos una sòlida ignorància il·lustrada.

Des de la percepció i les imatges

Dèiem en la primera xerrada que la voluntat o la necessitat de veure-hi clar era una actitud més primitiva o neuròtica que intel·lectual o teòrica. I dèiem també que la filosofia ha de començar sovint per veure una mica més fosc allò que d'antuvi tothom veu clar —massa clar, de fet, perquè no sigui sospitós. Val a dir, però, que avui potser sí que en som tots una mica més, de filòsofs, i que segurament és la crisi la que ens n'ha fet. A partir de la crisi cultural dels anys seixanta i de la crisi econòmica dels anys setanta, tots plegats hem començat a fer-nos preguntes més radicals, més filosòfiques. Abans d'aquestes crisis ens preguntàvem, per exemple, com cal fer la revolució, com cal ordenar l'economia, com cal organitzar l'Estat o com cal fer funcionar la Universitat. Avui ja no ens preguntem només pel *com* es fan aquestes coses sinó que, molt més radicalment, ens preguntem pel *què* són: què és la revolució, què és la universitat... Si més no, la crisi ens haurà servit per pujar el sostre de les nostres preguntes, per elevar el to de les nostres perplexitats.

Però no és aquest el tema de la nostra xerrada d'avui. El que ara hem d'explicar són els mecanismes que operen en nosaltres i que ens permeten d'heure'ns-les amb les coses —entendre-les, manipular-les, i fins i tot, de vegades, ensenyar-les— sense haver de conèixer-les de debò. A tots ens passa sovint que podríem respondre com aquell mestre a qui el director de l'escola preguntà si sabia anglès:

«Anglès, el que es diu anglès, no en sé, però per ensenyar-lo, rai...»

El que la cibernètica o l'ecologia, la informàtica o l'existencialisme «són» no ho sabem, però el que «signifiquen»... I és sovint aquest significat promulgat i de curs legal el que ens duu a veure més enllà o més ençà, és a dir, no veure les coses mateixes. Aquest serà doncs el nostre tema d'avui: esbrinar quin és aquest arsenal de capacitats, virtuts, reflexos, records o sabers en què ens recolzem per fer-nos una idea clara, elemental i expeditiva de les coses; assenyalar els mecanismes que permeten de traduir aquella *necessitat* de veure-hi clar de què parlàvem en una efectiva *possibilitat* de fer-ho sense massa costs.

Doncs bé, tots hem pogut comprovar algun cop que és el que *ja* buscàvem allò que ens ha impedit de trobar; de la mateixa manera que era el el que ja sabíem el que no ens deixava veure; o el que escoltàvem el que no ens permetia d'oir. Com hem comprovat també tot sovint que és el raonament que ja hem endegat el que fa d'obstacle per trobar la solució, o que és encara el que ja sabem fer el que ens impedeix d'aprendre o de millorar. Aquí podríem, doncs, invertir la dita popular i dir que «allò que és bo és enemic d'allò que és millor», ja que és la nostra competència relativa la que ens impedeix sovint d'assolir una eficàcia superior. De tot això, i com sempre, en donaré exemples quotidians, i no serà fins les dues darreres xerrades quan descriurem l'actitud de la filosofia enfront d'aquests fets.

Comencem, doncs, per veure què vol dir això que és el que busquem o el que esperem que tot sovint no ens deixa veure. A qualsevol dels que m'escolteu us haurà passat de buscar sobre una taula desordenada unes tisores o unes ulleres i no veure-les tot i passar-hi un i altre cop els ulls per sobre. Per què no les vèieu? Si reflexioneu un cop les haureu trobades, us adonareu que no les vèieu, tot i que eren allí, perquè buscàveu unes tisores o unes ulleres «obertes», i, pel fet de ser tancades, no corresponia l'esquema que dúieu al cap amb la sensació que us arribava als ulls. Com que teníeu ja una imatge del que cercàveu, heu passat la vista sobre els objectes, però no els heu «vist». I no els heu vist perquè ja els «vèieu» dins de vosaltres; perquè en teníeu ja una idea tan precisa que, en no casar exactament amb l'estímul visual, literalment us ha «passat per l'ull».

De vegades aquesta expectativa arriba a ser tan poderosa que ella mateixa transforma i fa a la seva mida l'objecte conegut. De segur que més d'una vegada us haureu trobat amb una persona de la qual abans ja us havien dit: aquest noi és un homosexual, o un trepa, o un típic madrileny, o el que sigui. Al cap d'un temps de tractar-la haureu descobert sens dubte que es tracta d'una personalitat complexa i matisada com totes, i no simplement un adjectiu. Però si penseu llavors en la primera impressió que en vau tenir segurament recordareu que estava molt dominada o configurada per la imatge que us n'havien donat, i que va ser precisament *contra* aquesta imatge que el vàreu arribar a conèixer.

El que imaginem d'una cosa, doncs, el que d'antuvi sabem d'una persona, és sovint allò que interfereix en el seu coneixement efectiu. O potser simplement sigui el que «diuen», allò que sentim a dir, el que configura i deforma la visió del que tenim davant dels ulls. En un conegut experiment de Marshall i Lawnes es varen agafar dos grups de persones de semblant formació i hom els va mostrar per uns segons les imatges de la columna de l'esquerra. Però mentre que als del grup A hom els va dir, mentre es feia l'exposició, el mot indicat a la segona columna, els del grup B van sentir el mot indicat a la quarta. Doncs bé, vegeu el que van dibuixar després, uns i altres, quan se'ls va demanar que reproduïssin amb la major exactitud possible el que havien *vist*.

Imatge	*Mots que sent el grup A*	*Imatge reproduïda pel grup A*	*Mots que sent el grup B*	*Imatge reproduïda pel grup B*
	Cortines en una finestra		Diamant en un rectangle	
	Ampolla		Estrep	
	Lluna creixent		Lletra «C»	
	Rusc		Barret	

Ara, així com aquest experiment mostra que el que «hem sentit a dir» es barreja inextricablement amb el que veiem, de vegades és el que «creiem» o el que «volem veure» el que ens impedeix de veure-hi millor. S'ha comprovat, per exemple, que si una persona de molta autoritat diu que, «com és obvi, aquestes set línies són igual de llargues»,

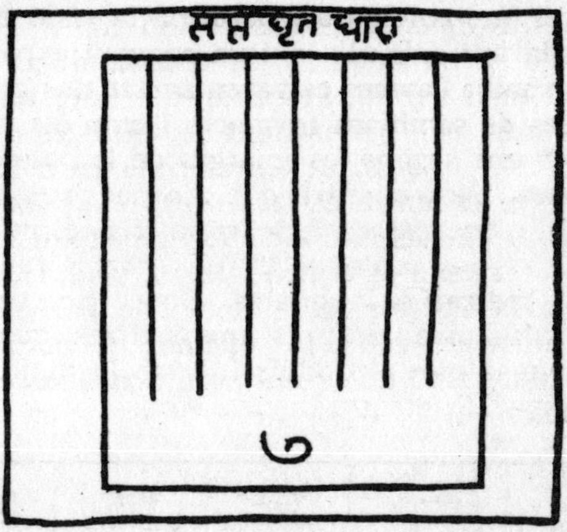

i si, a més, tots els que l'escolten assenteixen, el pobre desgraciat que *veu* que n'hi ha dues de més llargues acabarà pensant que s'equivoca i adequarà la seva percepció mateixa a l'engany generalitzat —tant és el poder del «con-sens» contra el mateix «*bon-sens*». Com s'ha comprovat, també, que en l'home existeixen el que els psicòlegs en diuen «formes preferencials», és a dir, formes clares, precises i conegudes que li resulten «còmodes» i cap a les quals tendeix a reconduir les que s'hi assemblen:

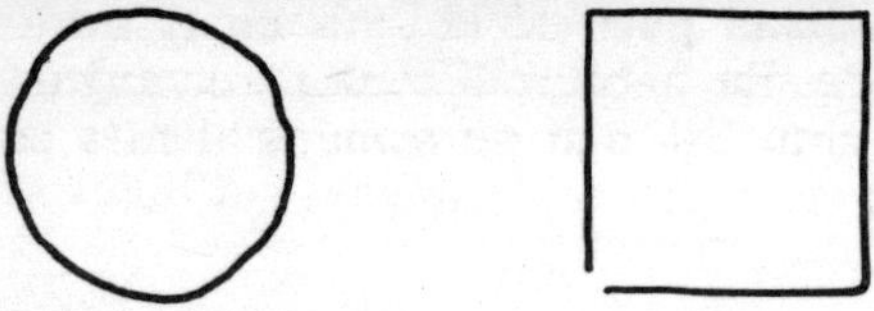

Aquestes figures, com veieu, no són ben bé ni un cercle ni un quadrat (la rodona no té a tot arreu el mateix radi, al quadrat li falta un tros) però és més fàcil i consistent de veure-les com un cercle o com un quadrat: «preferim» veure-les així. I ho preferim, entre altres coses, per raons d'estabilitat, o de facilitat —d'allò que Freud anomenava l'«economia psíquica». Vegeu, sinó, el que va passar a la Maison de la Radio de París. Donat que l'edifici era rodó, les oficines no podien ser rectangulars sinó que resultaven així lleument deformades:

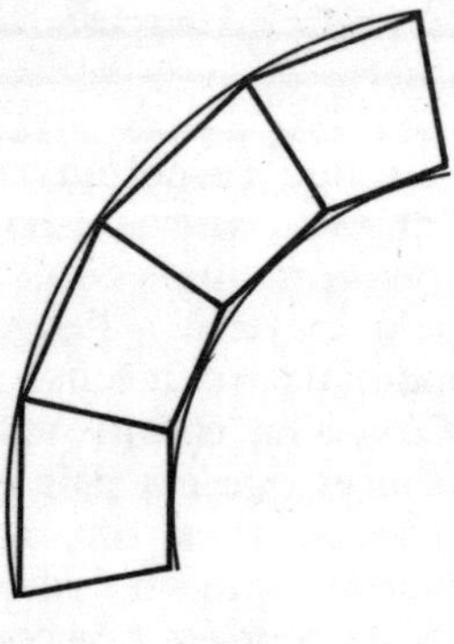

Doncs bé, els tècnics en productivitat varen comprovar que en aquestes noves oficines la gent treballava o rendia molt menys que abans. I a algú se li va ocórrer que això es devia al fet que gastaven bona part de la seva energia en «voler veure» aquella habitació com a rectangular —de veure A com B— a fi de trobar-s'hi més còmodes i segurs:

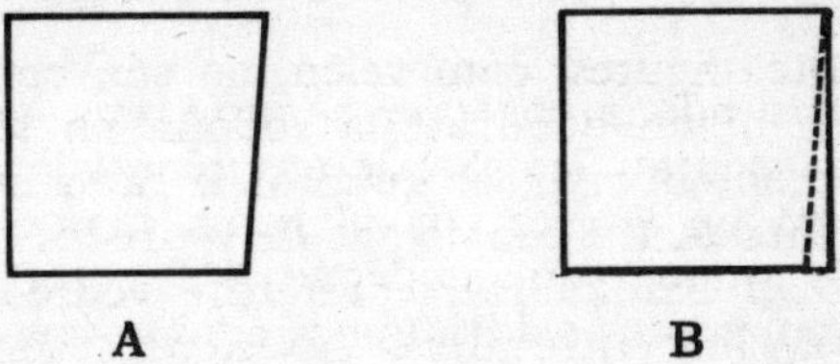

Hem dit encara, al principi d'aquesta xerrada, que, tal com va assenyalar De Bono, és sovint el que hem endegat o iniciat ja, la solució parcial o provisional assolida, allò que ens impedeix de trobar l'autèntica solució que busquem. ¿En voleu també un exemple gràfic? Imaginem que ens demanen d'unir una sèrie de nou punts amb quatre rectes fetes d'un sol traç sense aixecar el llapis del paper:

Si no coneixem ja la solució, de segur que ho provarem de moltes maneres:

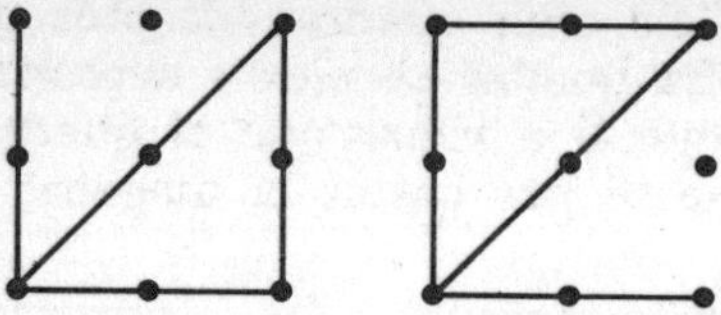

però ens adonarem que sempre ens queda un punt despenjat. I allò que ens bloquejarà la sortida serà un i altre cop el propi planteig o l'intent de solució que endeguem. Per sortir-nos-en efectivament ens caldrà doncs adonar-nos que hem començat malament; que hem pressuposat que el traç no podia sortir de l'àrea que cobrien els puntets. Però això ningú no ens ho havia exigit; havíem estat nosaltres, en les nostres provatures, els qui ens havíem anat tancant en aquest carreró sense sortida. Un carreró que cal oblidar per trobar la solució que aquests mateixos intents no ens deixaven veure:

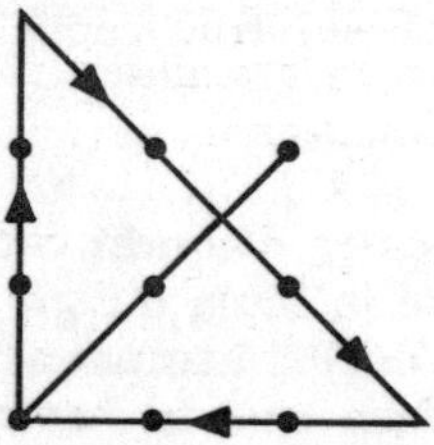

Ja en el *Menó* de Plató ens és mostrat que, per tal de descobrir el que és de debò i que en el fons «ja sabíem», cal que oblidem allò que crèiem saber, allò que ens sembla veure i allò que ens apareixia com a obvi. És així com només després d'una sèrie d'intents fracassats per tal de doblar la superfície d'un quadrat, després que l'esclau-deixeble ha quedat perplex i desconcertat, Plató pot ensenyar-li a veure que el quadrat doble és aquell que té per costat la diagonal del senzill:

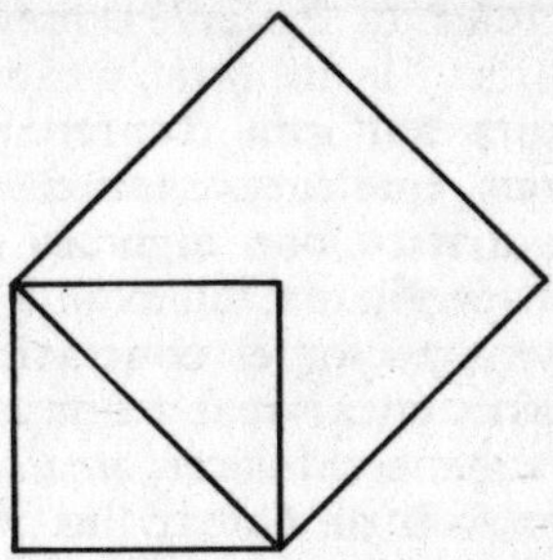

Per solucionar el problema haurem hagut, doncs, d'allunyar-nos dels nostres propis intents de solucionar-lo; de la mateixa manera que per recordar un mot que no ens ve al cap haurem de deixar de buscar-lo: «resar un parenostre» com deien els nostres avis o, com ara diuen els francesos, *reculer pour mieux sauter*.

Una bona mostra d'aquest canvi d'estratègia és la de l'ocellet de la faula d'Esop, referida pel mateix De Bono. L'ocellet arrapat al vorell de la gerra volia beure l'aigua que hi havia dins. Però com que n'hi havia molt poca, l'animalet havia d'abaixar més i més el coll per tal d'arribar amb el bec a l'aigua, i estava a punt ja de lliscar del vorell mullat de la gerra per acabar negant-se en l'aigua... Fins que va acudir-se-li la idea de no intentar fer més, o millor, el que feia, sinó de fer tot el contrari. En lloc de baixar el bec a l'aigua, se'n va anar a buscar pedretes que va anar tirant dins de la gerra fins que el nivell de l'aigua va pujar a l'alçada del seu bec. Per solucionar el problema, doncs, va haver de començar per invertir el planteig... Ara bé, què és el que ens mostren tots aquests exemples o faules? Doncs ens mostren que la flexibilitat i la llibertat d'esperit són tant o més importants a l'hora d'enfrontar-se amb els problemes nous, que la preparació o els coneixements ja adquirits. Quan algú no se'n surt, amb un tema o un problema, diem que va desencaminat, però sovint és tot el contrari. El que passa és que va massa encaminat i que el que li cal és precisament desencaminar-se, «canviar de rotllo» com ara diuen, a fi de trobar l'entrada més eficaç o pertinent al problema en qüestió.

He dit que tot sovint és el que hem començat el que no ens deixa acabar, o la manera com hem entrat el que ens bloqueja la sortida. Com sovint és també el que ja sabem fer el que ens impedeix d'acabar de fer *bé* les coses. És perquè sóc relativament competent escrivint a mà que jo puc resistir-me a aprendre a escriure a màquina. És perquè l'empresari clàssic sap, més o menys bé, dur la seva empresa, que tendeix a resistir-se quan hom li planteja d'organïtzar-la més tècnicament o més sistemàticament. És precisament la seva o la meva capacitat per sortir-nos-en més o menys bé, allò que ens permet d'estalviar-nos l'esforç que suposaria la nostra reconversió. Perquè és un fet, des del tennis fins a l'empresa, que quasi sempre és més fàcil ensenyar a qui no en sap que vèncer els «vicis» o «deformacions» de qui ja en malsap.

Cal no enganyar-se, però. Tots els expedients o mecanismes descrits en aquesta xerrada són summament útils i positius en la vida de cada dia. És un avantatge saber el que busquem: tenir-ne ja una imatge ens ajuda sovint a trobar-ho. És una sort que el que sentim a dir i el que veiem es barregi, de manera que podem endevinar o preveure el que físicament no veiem. És encara un ajut el fet de tenir estructures i hàbits perceptius que ens permetin de seleccionar ràpidament allò que té de rellevant un estímul visual —allò que exigeix de nosaltres una resposta immediata i eficaç... Però també és cert que aquests hàbits o aquests mecanismes, tan útils en condicions normals, poden esdevenir fatals —o fins i tot letals— quan aquelles condicions canvien i nosaltres continuem operant per inèrcia com si res no hagués passat. És el que li arriba a aquell petit ós polar del qual ens parlen els etòlegs: un animalet genèticament programat per sortir de la cova quan el sol es lleva, seguir el seu curs com un gira-sol tot donant-li sempre la cara, i ficar-se dins de la cova a la posta. Doncs bé, transportat a un medi tropical, aquest animalet no varia la seva conducta; continua fent el mateix fins que mor torrat de «cara al sol». La seva perfecta i mecànica adaptació al seu medi d'origen és precisament el que el mata quan el medi és diferent i ell no sap adaptar-s'hi, reconvertir-s'hi. Doncs bé, també entre els homes és la rapidesa, l'eficàcia i el caràcter automàtic de tots aquells mecanismes que ens ajuden a adaptar-nos o respondre al món, els que poden esdevenir —si insistim a «veure-hi clar» o a «saber de què va»— la nostra autèntica perdició.

Generalitzant aquestes observacions podríem

tal volta concloure que no és pas que els homes tinguem competències i incompetències, habilitats i limitacions; que no és pas que tinguem vicis i que tinguem virtuts. Jo diria més aviat que els nostres vicis són l'altra cara de les nostres virtuts, o que les nostres competències són l'altra cara de les nostres inèpcies. El fet que siguem «intel·ligents», per exemple, ens dóna una superioritat evident sobre els animals: podem associar àmbits d'experiència diversos, respondre millor que aquell pobre osset a situacions noves, etc., etc. Però aquesta mateixa agilitat o versatilitat de la nostra intel·ligència és la que de vegades ens ofereix més possibilitats de les que podem assumir, massa alternatives o massa factors entre els quals cal decidir, de manera que ens quedem atabalats, garratibats, neguitosos, desconcertats, impotents pràcticament com a conseqüència de la nostra potència teòrica. En aquests casos l'avantatge estaria en ser una mica més primaris, més simples, més instintius. I no és altra, tal com suggerí Bergson, la funció que entre nosaltres compleixen els mites, les ideologies i les religions: el fet d'oferir una imatge clara i precisa amb la qual puguem identificar-nos, que apaivagui l'angoixa enfront d'allò incomprensible, el desconcert enfront d'allò massa complicat, i que permeti un nivell d'integració social que la pura intel·ligència —sempre analítica, crítica i individualista— mai no ens permetria d'assolir.

Ara bé, així com la intel·ligència humana és el que ens fa, segons els casos, més o menys capaços, més o menys eficients que els animals, és també la nostra imaginació i la nostra emotivitat les que ens fan més bons i alhora més dolents que ells. No hi ha cap animal que sigui capaç de morir per una causa: de donar la seva vida per un país o d'anar voluntàriament a la cambra de gas en el lloc d'un altre. Per arribar a aquests nivells de sublimitat els manquen, als animals, tant les emocions com la imaginació, tant el sentiment com l'enteniment. Però heus ací que és pel mateix motiu que no hi ha tampoc cap animal que mati gratuïtament o fins i tot per gust. El sadisme, tant com l'altruisme, són nostres i ben nostres. Deia Schopenhauer que «l'home és l'únic animal que mata sense necessitat»; però cal afegir encara que en la gènesi de les seves carnisseries innecessàries, tant com en la de la seva generositat o heroisme, hi ha igualment la seva «excessiva» emotivitat i imaginació.

Ara bé, sobre tots aquests sistemes de veure-hi més o menys clar que fins aquí hem descrit, en plana un que els domina tots i a tots implica —un sistema que és la condició, però també el límit, de tot el que veiem, i que ens permet d'aclarir-nos sense entendre o d'entendre sense pensar. Aquest sistema no és altre que el *llenguatge* que de petits ens han ensenyat, la llengua nativa. El sol fet de parlar aquesta llengua ja suposa (encara que no ens n'adonem, o potser precisament perquè no ens n'adonem) d'assumir tota una concepció del món, tota una manera de veure i d'entendre les coses que han estat trameses pels qui al llarg dels segles l'han anada fent, aquesta llengua. ¿Heu usat mai l'estilogràfica o les sabates d'un altre? Doncs bé, parlar una llengua és també com el fet d'emprar una eina o una peça de vestir que ja ha estat emmotllada a un altre cos, que ha adquirit ja els seus replecs en unes altres mans —i és també marcar-la amb la nostra faisó, deixar-hi la petja de l'ús que d'ella n'hem fet. L'autèntica parla és així alhora l'acte més pietós i més lliure: fer nostra l'experiència dels nostres avantpassats i a la vegada donar-li nova vida.

Però aquesta parla ideal, que s'identifica ja amb la poesia i la filosofia mateixes, és un fenomen-límit i, en qualsevol cas, excepcional. Per això el dia entrant començarem per mostrar allò que el llenguatge té —com tots els automatismes o esquemes perceptius avui descrits— de purament inercial, per veure fins a quin punt ens dóna una certa pre-visió de les coses. I només llavors explicarem com la filosofia, que ha d'utilitzar com a eina aquest llenguatge, tracta al mateix temps de transcendir (o si més no d'analitzar i de fer conscient), tot això que ja pensem, creiem o pressuposem des del mateix moment que ens posem a parlar en català.

Des del llenguatge i les frases fetes

Vàrem veure el dia passat una colla d'hàbits mentals, d'esquemes perceptius, de mecanismes de resposta, de sistemes d'expectatives i d'usos socials que ens permeten de «veure-hi clar» de bell antuvi, expeditivament, i acabàvem suggerint que totes aquestes maneres de veure-hi clar poc serien possibles si no es sustentessin o coagulessin en un llenguatge. Un llenguatge que, dèiem, és tota una manera de veure el món, tota una teoria que incorporem, sense adonar-nos-en, pel sol fet de parlar un idioma. Avui hem de començar, doncs, per veure, per uns moments si més no, quina és aquesta «teoria» que duu tot idioma incorporat, i mostrar després com i per què la filosofia tracta de portar-nos més enllà o més ençà, més al fons o a un altre lloc d'on naturalment, imperceptiblement, ens duen el lèxic i la sintaxi que emprem.

Que un llenguatge és en certa manera una teoria o una visió de les coses es fa prou palès en tots els refranys, en totes les dites i frases fetes que utilitzem ja com a «blocs semàntics» i que varien sensiblement d'una llengua a una altra, d'un país a un altre. Es tracta d'expressions que comporten ja una certa concepció del món —més o menys pragmàtica o irònica, més o menys assenyada o agosarada— de manera que podríem dir, sense exagerar massa, que n'hi ha prou amb aprendre'n la llengua per adquirir quelcom de l'*esprit* francès, de l'*humour* anglès o del *seny* català... D'aquí també que tota traducció no pugui ser gaire més que una aproximació a l'original. És clar que podem traduir al castellà "ploramiques", "primmirat" o "somiatruites" per "quejica", "meticuloso" o "fantasioso", però de seguida veiem que en aquesta «versió» d'una llengua a l'altra se'ns han vessat molts matisos pel camí.[1] Avui mateix, quan venia cap aquí, el taxista que em duia, indignat perquè el tràfic era atapeït i anava molt lent, m'ha dit literalment: *«esa colla de perezosos ya se afañan más, ya, a la hora de plegar»*. «Colla», «plegar», «afanyar»... mots pels quals no hi ha una correspondència estricta en castellà; com no n'hi ha per «patum» o «lletraferit», aquesta manera entre irònica, ressentida i tendra que tenim a casa nostra per referir-nos als intel·lectuals...

En el límit podríem dir fins i tot que hi ha coses que pròpiament només poden *ser*, es poden *fer* o es poden *tenir* en català. Només en català es pot *ser* un saltataulells, un bocamoll, un panxacontenta, un caragirat, un cagadubtes, o un pocasolta. Com només en català, es pot *fer* un pensament, fer-la petar, fer-ne un gra massa, fer la santíssima o fer volar coloms, explicar sopars de duro,

1. Els exemples podrien multiplicar-se. És evident que al·ludeixen al mateix, però no de la mateixa manera, expressions com: «fer la viu-viu» i *«ir tirando»*, «voler teta i sopa» i *«querer nadar y guardar la ropa»*, «enviar a dida» i *«mandar al cuerno»*, «estar cap-ficat» i *«estar preocupado»*. El temps, que per nosaltres és «or», pels anglosaxons és *«money»*. El castellà ha exportat termes com *«siesta»* o *«guerrillero»*, n'ha importat d'altres com W.C. o *«embrague»*. ¿I creieu casual que de mandrejar se'n digui, en el nostre país, «fer *la mañana*»?

perdre les oracions, treure foc pels queixals, pixar fora del test o no ser-hi tot. O encara *tenir* la mà trencada, pa a l'ull, l'os Bertran, un perdigó a l'ala, el fetge de rajada o el ronyó cobert... I crec que ja en tenim ben bé prou amb aquesta llista per entendre que no és sols que ens expressem en una llengua, sinó que és la llengua mateixa la que s'encarrega de parlar, d'expressar i potser fins i tot de pensar per nosaltres. Però això no és tot.

I no ho és tot perquè amb la nostra llengua ens ve donat no només un «contingut» de lèxic i de refranys (com qui diu els àtoms i les molècules lingüístiques) sinó també una certa «forma» (l'estructura sintàctica que relliga aquells àtoms o aquelles molècules) que pauta la nostra percepció o el nostre pensament d'una manera menys evident però no menys decisiva. Pensem —ja que convé ara de buscar exemples fora del català— que pels indis d'Amèrica del Nord que parlen zuni, no hi ha manera de dir que «ahir va ploure». Allò que l'estructura sintàctica de la seva llengua els permet de dir és: «ahir em vaig mullar», o bé «el meu pare diu que ahir va ploure a la muntanya», o encara: «ahir vaig haver d'aixoplugar-me». Tot això és possible de dir-ho en zuni. El que no es pot és afirmar així, en general, que «ahir va ploure»: és a dir, parlar-pensar d'una manera abstracta o neutral. Cal sempre fer explícita l'experiència o la relació personal de qui parla amb allò de què parla («vaig mullar-me», etc.), i això, és clar, dóna o reforça una visió concreta o existencial de les coses en la qual l'individu s'hi veu sempre implicat.

O no cal que anem tan lluny: en tenim prou amb fixar-nos què passa amb l'anglès. Nosaltres diem *la* lluna, *el* sol, *l'*arbre, *la* casa: hi ha coses que són masculines, i n'hi ha d'altres que són femenines. En anglès no: en anglès totes les «coses» (inclosos els infants i exclosos els animals domèstics, la qual cosa és també prou significativa) són neutres: ni són *he* ni són *she* sinó *it*. I això ja ens mostra que la parla catalana (o francesa o castellana) comporta una visió més viva, més animista, més sexual de les coses que no pas l'anglesa. Sense adonar-nos-en, doncs, en parlar català, parlem (i pensem) d'una manera més «sexuada» que en parlar anglès.

Per altra banda, i tornant ara al lèxic i als mots mateixos, cal tenir en compte que les paraules d'una llengua són de fet metàfores que hom ja ha oblidat que ho eren. N'hi ha prou de vegades amb fixar-se en l'etimologia o en l'estructura d'un mot per adonar-se que originàriament era una «imatge» més o menys visual o analògica: absolució o dis-solució, a-terrar, anti-pàtic, escarbat o gall d'indi. És el que comprovem també per poc que ens fixem una mica en les frases que utilitzem: parlem, per exemple, del *cap* de govern, del *cor* d'un problema, o de la *base* d'un argument. I és clar que una llengua on no es digués «el cor» sinó «les entranyes» d'un problema tindria/donaria una visió distinta del que és un problema.

Recordem que Aristòtil, per parlar de la textura íntima d'una cosa va utilitzar el mot «fusta» (*yle*): la «matèria» era la fusta de la qual la cosa era feta (en un sentit semblant de quan diem que un jugador de futbol «té bona fusta», ja que en ambdós casos es suggereix també «potència» o bé «possibilitats» a desenvolupar). I, Unamuno, no sense raó, deia que per entendre aquest concepte filosòfic hauríem de començar per pensar en allò que volem dir en afirmar que una escudella és molt «substanciosa». Imatge constructiva l'una (la fusta), gastronòmica l'altra (l'escudella), que ens mostren que també els conceptes filosòfics es deriven de les metàfores de la tribu. Que en posar-nos a parlar, sia del que sia, reprenem tot l'arsenal i tot el llast d'experiència dels nostres avantpassats; uns instruments que ells van deixar-nos i que nosaltres hem de reprendre, per tal de fer-los nostres i passar-los als nostres fills.

Fixeu-vos que he dit *arsenal* i *llast*, és a dir, *medi* i alhora *límit*. I és que aquí, com hem vist abans en un altre cas, és també el mateix allò que ens ajuda o potencia i allò que ens lliga o limita. Els «mots de la tribu», en efecte, poques vegades satisfan plenament la nostra necessitat d'expressió personal o intel·lectual. Com deia l'*Estança* de Riba

Els mots —fites revesses en què la idea
és closa.
La veu mortal —a son volar feixuga nosa...

Precisament perquè els mots duen ja tota una càrrega de significacions establertes, en voler nosaltres expressar un sentiment o una idea nous, específics, molt nostres o íntims, sentim que el llenguatge és massa groller o massa genèric; que representa els interessos comunicatius de la comunitat més que no pas els interessos expressius de la nostra personalitat. Sentim... sentim una emoció peculiar que no és ben bé enveja, ni ressentiment, ni odi, ni ràbia... Però per comunicar-la ens cal reduir-la a un d'aquests mots que sentim sempre que són alhora massa precisos i massa convencionals. I ho sentim més com més intensa és l'emoció. D'aquí que la temptació a violar o a prescindir del llenguatge sigui tant més forta com més potent és la idea o el sentiment que volem expressar: d'aquí que la temptació dels neologismes i, en darrer terme, del silenci —del «silenci clar» de què parla encara Riba— sigui pròpia de filòsofs i d'amants, d'artistes i de místics. De tots aquells, en definitiva, que volen dir una experiència o una idea absolutament íntima i peculiar.

Però abans i tot que aquests mots, existeix ja, mediatitzant la nostra experiència, el llenguatge dels signes i de les nomenclatures que ens envolten *físicament*. De quins signes es tracta? Imagineu que us dic que visc al carrer Madrazo 26. En dir-vos-ho no us dono només la meva adreça, sinó que us estic informant també, de passada, de tot un món en el qual visc: d'una societat on els carrers tenen *nom* (Madrazo, Calvet) i les cases tenen *número* (26, 28). I bé, tots sabeu que donem *nom* a les coses que ens semblen importants, significatives, qualitatives, i que donem un *número* a les coses que ens semblen merament quantitatives (per això, a la policia o a la guàrdia civil, els seus membres són «números»). D'aquí que en dir-vos que visc a Madrazo 26 ja us estigui comunicant també que visc a una societat on els carrers són allò significatiu i les cases són allò residual; una societat, si parléssim en termes estilístics, més barroca que renaixentista. De la mateixa manera que si us digués, com passa a Nova York, que visc al carrer 46 o, com passa cada cop més aquí, que visc a l'Edifici «Torres Blanques» o «Acapulco», expressaria tot el contrari. I no cal dir que «dic» més encara en informar a algú que visc a José Antonio o a Corts Catalanes, a la plaça Calvo Sotelo o a la plaça Macià.

Tornem ara, un cop més, a la filosofia. ¿Per què, si els hàbits perceptius de què parlàvem l'altre dia o el llenguatge de què hem parlat avui ens ho donen tot tan clar i català, per què complicar-nos la vida fent filosofies que no fan sinó augmentar la nostra perplexitat? ¿És pur masoquisme? Són ganes d'embolicar la troca? Per una vegada des del poeta fins al senyor Esteve semblen estar d'acord: *«no la toquéis, que así es la rosa»*, «no busquis tres peus al gat». Tots ens venen a aconsellar el mateix: no especuleu, més aviat mireu, o canteu o actueu... Doncs bé, jo diria que hem de teoritzar o especular precisament perquè els nostres hàbits socials, perceptius, lingüístics, ja en són ells molt, massa, d'«especulatius». En no filosofar, doncs, en no fer teoria, el que fem és acceptar, i donar per bona, la teoria que ens envolta, l'especulació ambiental que prenem llavors com a descripció neutral i natural de les coses. Una teoria ambiental, cal reconèixer-ho, que tot sovint és útil i que sempre és còmoda. Els tòpics, els refranys i les frases fetes vehiculen una vella saviesa que incorporem ja amb el llenguatge i que, mentre les condicions externes o internes no canvien massa dràsticament, són prou útils. Però ja hem mostrat que quan aquestes condicions canvien dràsticament, llavors tots aquells automatismes, tots aquells reflexos i aquelles conviccions ancestrals, deixen de ser útils i s'imposa una reflexió sobre ells mateixos (pensar sobre el pensar: lògica; parlar sobre el parlar: gramàtica; aturar-se sobre l'actuar: ètica) i sobre la realitat que abans donàvem per explicada a través seu.

Ara bé, això vol dir també una altra cosa. Vol dir que fer filosofia no és una actitud espontània: que es fa filosofia, només, quan els hàbits perceptius o lingüístics ja no funcionen. ¿I quan és que no funcionen? No funcionen, per exemple, quan ens trobem davant d'una paradoxa. I una paradoxa, alhora intel·lectual i vital, és allò que jo experimento quan em miro primer aquest món i dic «no entenc que existeixi el món si no hi ha Déu», però me'l torno a mirar un segon cop, i dic, amb el mateix convenciment d'abans, «no entenc com pot existir *aquest* món si hi ha Déu». En definitiva, tan incomprensible és per a mi que n'hi hagi com que no n'hi hagi, de Déu. L'exemple clàssic, però, d'una situació paradoxal és el d'Epimènides. Epimènides era un cretenc, un home de Creta, que deia: «Tots els cretencs menteixen.» I bé, menteix o diu la veritat Epimènides? Si diu la veritat està mentint, ja que diu que els cretencs menteixen sempre, i per tant ell menteix perquè no compleix la regla. I si menteix, per contra, diu la veritat, ja que llavors sí que segueix el principi per ell enunciat segons el qual tots els del seu país són uns mentiders. Veieu, doncs, que si diu mentida diu veritat, i si diu veritat diu mentida. Els filòsofs moderns han resolt aquesta paradoxa parlant de «nivells de llenguatge», però no és això el que ens importa ara a nosaltres.

El que ara ens interessa és només comprovar que l'existència de Déu o bé la frase d'Epimènides són exemples de problemes o situacions que, en mirar-les més detingudament, se'ns mostren com a paradoxals carrerons sense sortida —i és això precisament el que vol dir *aporia.* Ara bé, és sobretot en les situacions-límit de la nostra vida —en l'amor impossible, en la mort de l'amic— que se'ns fa palesa aquesta cara absurda i problemàtica d'allò que sentim o pensem; és llavors, doncs, quan tots, i no només els de l'*ofici* o del *vici*, tendim a filosofar. ¿I què vol dir, ara i aquí, filosofar? Filosofar vol dir aquí començar a buscar l'altra cara de les coses, la cara que és normalment amagada per les mateixes evidències. Unes evidències que ens vénen donades per tots els sistemes o tots els esquemes dels quals hem parlat, però que a partir d'un cert moment ja no ens convencen ni ens satisfan. ¿I com ho fa, això, el filòsof?

Posem encara uns quants exemples.

El filòsof sent a dir, per exemple, que «plorem perquè estem tristos», i ell es pregunta si, de vegades almenys, no és al revés, és a dir, que «estem tristos perquè plorem». El filòsof ha començat, doncs, per qüestionar el que se li donava com a causa i el que s'entenia com a efecte. I continuarà tal volta preguntant-se encara si no serà que «plorem per a deixar d'estar tristos»; si tal volta el plor no és sinó l'exteriorització d'una pena que, feta llàgrima, aconseguim en certa manera d'expulsar. Tota llàgrima, llavors, tindria quelcom de llàgrima de cocodril, i el plor en lloc de *causa* o *efecte* de la pena en seria, més aviat la *cura*. I des d'aquesta mateixa actitud, passant ara de l'àmbit psicològic al social, tots ens podem preguntar si una forma de comportament és castigada penalment perquè la societat la considera immoral, o si és que la considera immoral perquè és castigada. I entrat ja en l'àmbit teològic, podem preguntar-nos si Déu vol i ens demana allò que és Bo, o si és Bo allò que Déu vol i ens demana...

El que ara sospitem, si més no, és que les coses no són tan clares com els nostres hàbits lingüístics i mentals ens deixaven creure. I en certs casos podem fins i tot arribar a tenir l'evidència empírica que algunes coses són exactament a l'inrevés del que pensem i del que diem habitualment. Considerem-ne un, d'exemplar. Sembla que ningú no podria objectar res a aquell que digués una cosa tan òbvia com la següent: els homes estem disposats a pagar per allò que ens agrada, o a esforçar-nos per allò que valorem. Però també aquí ens podria sortir qui ens digués: «Vejam, vejam: ¿és que paguem per allò que ens agrada, o és que ens agrada allò que paguem?» I en aquest cas el nostre filòsof té avui prou dades per a fonamentar el seu dubte. En un laboratori de psicologia social als Estats Units van formar-se dos grups de gent d'anàleg origen i d'igual formació, als quals se'ls va passar per separat una mateixa pel·lícula: una pel·lícula pesada, avorrida, dolenta amb ganes. Al grup A, però, se'ls havia convençut, gràcies a un títol i a una explicació prèvia molt prometedors, perquè paguessin una suma fortíssima per tal de veure la pel·lícula, mentre que al grup B se'ls havia passat gratis. Doncs bé, quan se'ls va fer després, a uns i a altres, una enquesta sobre si els havia agradat o no, el grup que havia pagat per veure-la va respondre en general molt més positivament que el de la gent que no havia pagat. I és lògic: pels del grup A, acceptar que havien pagat tan car per veure un rave era confessar-se ximples i a sobre enganyats. D'aquí que trobessin més bona la pel·lícula, precisament perquè havien pagat tant per veure-la: l'havien de defensar per tal de defensar-se a si mateixos d'alguna manera. I prou bé que coneixen aquest mecanisme psicològic els Clubs de Tennis, que cobren tan car per fer-se'n soci, o els cossos de catedràtics, de jutges, de notaris. Entrar en aquests clubs o cossos costa molt (en diners, en estudis, en oposicions) i precisament perquè ha costat tant d'entrar-hi, els que ho han fet valoren altament la seva pertinença i tenen un gran «esperit de cos». L'han de tenir, en efecte, perquè si no creuen ara que és molt valuós ser notari o ser catedràtic, és ben clar que varen ser uns imbecils cremant-se les celles durant quatre anys per preparar les oposicions. Un cop més, veiem ara que allò que és causa i allò que és efecte semblen bescanviar-se: tot sovint no és que la gent s'esforci per allò que valora sinó que valora o tracta de valorar allò pel qual s'ha esforçat.

Hem d'estar preparats i disposats, doncs, perquè aquest veure l'altra cara de les coses atempti les nostres necessitats psicològiques o posi en crisi els nostres més cars valors i conviccions. Pensem per exemple en una convicció avui generalitzada que podria formular-se així: «Tot ha d'estar sota l'imperi d'una llei igual per a tots, en un món on tots han de tenir també iguals oportunitats per tal d'accedir a la riquesa i al poder.» I veiem com ara, quan tothom està d'acord, arriba el filòsof burxeta a trencar el consens. «¿No és una pena —dirà tal volta—, això de posar tota la vida sota l'empremta de la Llei o de la Norma; que un esquema formal vingui a colonitzar tots els aspectes de l'existència?... De segur, de segur que això comporta uns guanys —però també uns costs.» Prou ho sabia això el mateix Aristòtil quan defensava la Constitució d'Atenes pel fet de tenir una regla —*la graphe paranomon*— segons la qual podìa acusar-se a qui presentés a l'Assemblea una llei inviable, o quan insistia en el fet que havia de condemnar a una pena especial la persona per culpa de la qual hagués calgut dictar una nova llei. I és que cometre un delicte o una trampa no previstos obligava a dictar una nova llei, a contaminar el món amb més regles encara, desgràcia per la qual calia, segons Aristòtil, fer pagar al responsable. Com ho sabia el legislador d'Esparta, Licur, quan castigava la seva gent, no pas per haver comès un delicte, sinó per haver estat pescada en el moment de cometre'l. Els castigava, doncs, no per delinqüents, sinó per rucs! En un cas, Aristòtil suggereix que cal castigar aquell individu que ens obliga a «legalitzar» un tros més de vida; a fer el món més legal del que ja és; en l'altre, Licur proposa un càstig pel delinqüent inepte que, pescat, obliga a fer funcionar l'aparell legal i judicial. En tots dos casos, doncs, el reforçament de la norma o el funcionament de la llei és vist igualment com una desgràcia.

Tots sabem, per altra banda, que, enfront de la llei, l'actitud natural de qualsevol és tractar d'escapolir-se'n com sigui —i això no només, aquí, als països llatins, sinó a tot arreu. El que passa és que els poderosos acostumen a poder passar *per damunt* de la llei, mentre que els necessitats tracten de passar-hi *per dessota*. Però tant els uns com els altres tracten de passar-hi *per fora* en la mesura del possible. Ara bé, la teòrica igualtat d'oportunitats enfront de la llei o la teòrica igualtat d'oportunitats per a aconseguir-ho tot (riquesa, poder, etc.) fa que els desgraciats sentin que ho són, endemés, per culpa seva. D'aquí que als Estats Units, on aquest principi és cregut i viscut per tothom, els individus que són pobres o que no han triomfat se sentin molt més miserables que en els països de tradició cristiana, de tradició mítica, de tradició fins i tot marxista. Per què? Perquè si jo visc en un país de tradició catòlica, puc dir: «Jo sóc pobre perquè Déu o la Providència ho vol així.» Si sóc marxista puc dir: «Sóc pobre perquè les estructures capitalistes m'oprimeixen.» Si visc en un medi mític puc pensar que «aquest és el meu destí». Si visc, per contra, en una societat on teòricament la gent és igual davant la llei i amb les mateixes oportunitats de tenir èxit, en ser jo un pobre o algú que «no ha reeixit», no sols pateixo la pobresa: pateixo la pèrdua de la dignitat davant de mi mateix, davant dels meus companys i familiars, davant de tots els altres que prenen la meva falta d'èxit per un indicador o un símptoma de la meva minusvàlua personal... Ja veiem, doncs, que aquell principi anunciat a la pàgina 47, amb el qual tots tendíem a estar d'acord, té també el seu costat obscur, sinistre.

Parem-nos ara, per acabar aquesta lliçó, en un parell d'afirmacions o de principis que semblen també de sentit comú: que *la serietat és més transcendent que la broma*; que *el contingut importa més que les meres formes.* Tot sovint sentim dir críticament d'algú: «tot s'ho pren a broma» o «només li importen les formes». I bé, per poc que ens aboquem al món de l'antropologia podem comprovar que la broma, el ridícul i la presa de pèl mútua tenen una importància cabdal entre molts pobles i moltes tribus en les quals operen com a sistema de sublimació i de canalització simbòlica de l'agressivitat. Els bozo i els dogon, per exemple, es burlen ritualment els uns dels altres almenys dos o tres cops l'any, i només es van trencar obertament les hostilitats l'any que van oblidar de complir aquesta estricta etiqueta de conflictes simulats. ¿I què són, entre nosaltres, les *novatades* als nous reclutes o escolars, sinó una manera ritual de canalitzar l'agressió i d'advertir els nouvinguts sobre quina és la veritable —o fàctica— jerarquia? És clar que tot això es pot aconseguir i s'aconsegueix sovint sense apel·lar a la broma i a la presa de pèl —però sens dubte és aquesta la forma relativament menys brutal que coneixem. O sigui que això de la broma no és cap broma, i que segurament ha estalviat molta sang al llarg de la història.

Tampoc no són cap broma ni cap ridiculesa això de les bones formes i les bones maneres en l'educació: les formes del tracte i de la cortesia, de la taula i del llit, del coqueteig i del regateig. Formes totes elles que donen un suau tint impersonal, civil i estereotipat a les nostres relacions; que les doten, per dir-ho en un mot, de «formalitat». I aquesta formalitat és precisament allò que ens permet de superar la por i l'agressivitat sempre latent en el tracte intersubjectiu. No és casualitat, en efecte, que els homes hagin formalitzat sempre les cruïlles decisives de la seva vida individual i col·lectiva amb ritus d'iniciació, de passatge, etc. Es tracta de moments en què es creuen la biografia i la cronologia, els sentiments i les institucions, moments als quals els homes mai no han deixat de donar un caire rígid i estereotipat a fi d'apaivagar el vertigen que els produeixen aquests instants de trànsit o de transformació. El fet que aquestes formalitats —aparentment frívoles o gratuïtes— tenen també la funció de civilitzar l'agressivitat, es veu prou clarament quan comprovem que les formes de la cortesia són tant més elaborades i més sofisticades com més agressiu és el grup o l'espècie en qüestió (entre els depredadors, per exemple, més que entre els herbívors, o entre senyors feudals més que entre serfs) o com més gran és la densitat de població i la delimitació espacial (entre els japonesos o anglesos, per exemple, pobles densos i «aïllats» amb un enorme potencial d'agressió). Si reconeixem així que els protocols, els rituals i les etiquetes augmenten en proporció directa a la inseguretat i l'ansietat que acompanyen les situacions-límit, no ens estranyarà tampoc que el festeig i l'aparellament tinguin, en cada època o espècie, un fort element convencional. Les formalitats que pauten sobretot les primeres relacions entre homes i dones no són només formes estereotipades de poder i submissió. Són també, i abans que tot, expressió del temor de persones que entren en un territori desconegut, insegures de la seva ciència i de la seva competència en ell, i que busquen formes convencionals de «fer l'home» o de «fer la dona» a les quals arrapar-se...

Per què plorem?; ¿és convenient una llei formalment igual per a tots?; ¿no són inútils, i fins i tot indignants, els convencionalismes socials?... Hem vist avui com, tot fent una inspecció més acurada, les nostres respostes automàtiques feien crisi i ens apareixia l'altra cara de totes aquestes coses. El dia entrant acabarem veient com això és veritat no només pel que fa als fenòmens psicològics o socials, sinó fins i tot respecte a la moral i a la mateixa filosofia. És llavors que gosarem parlar més directament d'aquest tarannà amb el qual, en cercles concèntrics, ens hem anat apropant a les coses: aquell que gosarem anomenar l'actitud filosòfica.

Cap a la moral i la filosofia

Aquesta és la darrera de les nostres xerrades. Fem doncs un petit resum del que hem dit fins ara. En la primera, com recordareu, volia mostrar fins a quin punt la necessitat de veure-hi clar és més una actitud neuròtica, atàvica, que pròpiament filosòfica o científica. En la segona vam intentar de veure quins eren els mecanismes o els canals que ens permetien de fer-nos la il·lusió que tot és clar i català: el llenguatge i les frases fetes, les convencions ideològiques, els mites i els ritus socials que ens ofereixen, tots plegats, un món ja fet a la nostra mida i a la nostra faisó. En la tercera d'aquestes xerrades vam deturar-nos especialment en el llenguatge, que ve a ser, dèiem, el principal generador d'evidències, i vam acabar dient que el filòsof és aquell que en certa manera no se sent satisfet ni confortable envoltat d'aquestes evidències manufacturades. D'aquí que tot sovint la seva lluita no sigui tant contra l'opacitat dels fenòmens com contra la seva convencional o pretesa claredat; que no busqui tant de resoldre els problemes com de multiplicar-los tant com calgui o pugui, i mostrar tot allò que té de problemàtic el que més evident ens sembla. Vam passar llista llavors a algunes d'aquestes «evidències» psicològiques, polítiques o socials, per tal de mostrar com el filòsof no s'hi troba satisfet i tendeix a «buscar-los la cara» —aquella *altra* cara on les evidències esdevenen paradoxes. I avui, avui per fi, ens apropare m a aquesta altra cara de les nostres més entranyables conviccions morals, polítiques i fins i tot filosòfiques. Perquè la filosofia pot començar mostrant l'altra cara de les coses però ha d'acabar, si es vol realment crítica, mostrant també l'altre vessant de si mateixa.

Comencem, doncs, per les evidències morals. Sentim a dir que n'hi ha prou amb tenir dos dits de front per entendre que ésser moral significa ser responsable, ésser d'una peça, tenir una jerarquia de principis clara i ferma.

Doncs bé, jo crec que d'alguna manera es pot dir —i fins a cert punt *s'ha* de dir— tot el contrari. Perquè, pensem-ho bé: ¿què vol dir «ser responsable»? Una persona és responsable quan sabem i podem preveure sempre com respondrà enfront d'un cert tipus d'estímul. Sigui quina sigui la necessitat que el sol·liciti, del nen que el necessiti, l'ideal que se li presenti, sempre respondrà d'acord amb els seus principis. Ara bé, potser ser moral no és tant ser sempre autèntic i fidel als propis principis —fet que pot acabar en una mena de narcisisme de la pròpia integritat— com respondre efectivament a l'objecte o a la persona concreta que tenim al davant, que deixa llavors de ser un mer «exemplar-pretext» («un» pobre, «una» dona) o un «motiu ocasional» per a posar a la pràctica els propis principis, i passa a ser quelcom real que ens arrenca una resposta que no teníem encara preparada ni inventariada. Moral, en aquest sentit, seria tota resposta que s'ha deixat primer seduir pel seu estímul; que ha acceptat de perdre peu enfront de l'objecte, del subjecte o de la situació que se li presenti.

Sentim a dir igualment que ser moral és tenir una jerarquia fixa i objectiva de valors d'acord amb la qual els més baixos (els sensuals, els vitals, etc.) es realitzen en subordinar-se als més alts (els intel·lectuals, els espirituals, etc.). Doncs bé, jo no crec que existeixi una *jerarquia* sinó més aviat una *pluralitat* de valors o de necessitats conflictives i que tenen, cada una en el seu àmbit, un caràcter absolut. ¿Quines són aquestes necessitats que, a més a més, no es corresponen mai exactament a *un* àmbit determinat? Penseu, per exemple, que en la nostra vida intel·lectual necessitem una certa *distància* per tal de poder analitzar fredament i objectivament les coses; en la nostra vida sensitiva, en canvi, necessitem la *proximitat* o la immediatesa envers l'ésser desitjat. I les polaritats poden continuar: per a la nostra vida sentimental necessitem *dependència,* mentre que per a la nostra vida política necessitem *poder i potència*; per a la nostra vida íntima o personal necessitem *autenticitat* i per a la nostra vida pública *eficàcia,* etc., etc. Ara bé, la nostra innata tendència al cofoisme ens duu a creure que aquell àmbit o aquella «vida» per la qual hem optat (i els valors que hi hem realçat) representen la síntesi o la culminació de tots els àmbits i de tots els valors. Així l'home casat voldria pensar que el matrimoni no és una opció, amb els seus guanys i els seus costs, sinó que és la síntesi de tots els valors i de totes les experiències: síntesi de sensualitat i de responsabilitat, d'intimitat i de vida social. Així també el polític voldrà pensar que la seva opció suposa la síntesi de vida activa i de vida intel·lectual, de moral i d'eficàcia, etc., etc.

I bé, per mi ser moral és exactament el contrari. És recordar sempre la importància d'aquelles opcions que no hem pres: els valors que, potser necessàriament, hem sacrificat, però que mai no hem oblidat ni hem reduït a subproducte dels propis valors. Podem així optar per la vida ascètica, però llavors el que cal és saber i recordar el valor —absolut en tants sentits— de la sensualitat. O podem optar per la vida intel·lectual sempre que reconeguem els límits i la crònica parcialitat de tot allò que només és vist sota aquest prisma, així com la importància de tot allò que passa per fora de les idees. Així, si som artistes hem de treballar també contra la imaginació, com si som buròcrates hem de posar cura de no enamorar-nos del paper timbrat. Es pot ser, doncs, moral exercint les activitats més diverses, només que es comenci per no voler colonitzar el món sencer amb les «virtuts» o els valors del propi ofici, de la pròpia opció vital, política o professional.

I deixeu-me ara exemplificar quin és aquest tarannà que anomeno moral (i també filosòfic) amb dos exemples ben concrets de la realitat política que ens envolta. En el primer, i complint amb el nostre principi de buscar l'altra cara de les coses, veurem què té de perillós quelcom que a tots ens sembla bo, mentre que en el segon, al contrari, veurem què hi ha de bo en allò que tothom diu que és dolent. Tothom trobarà bo —en principi si més no— que gràcies a l'Estatut d'Autonomia i a la Generalitat, l'administració s'hagi apropat a nosaltres i puguem començar a considerar-la com a cosa nostra. Però això, que és cert, no ens ha de fer oblidar els avantatges que tenia tanmateix una època en què hi havia una clara distinció entre el que era la ideologia oficial (més o menys franquista) o el que era la ideologia de casa nostra; o una distinció entre la llengua oficial de les lleis o instàncies (el castellà) i una llengua nostra que era el català. Aquesta dualitat en certa manera estatuïa dos tipus de poder —el poder estatal i el poder de la societat civil— que poques vegades coincidien, i en els marges dels quals podíem fer-nos nosaltres la nostra llibertat particular. I és bo, qui pot dubtar-ho, que el que per a La Trinca eren la dona i l'amant tendeixin a fer-se una; que el poder social i l'estatal, el familiar i l'oficial deixin de coexistir esquizofrènicament com havia passat fins ara a Catalunya. Però també és cert que, en ajuntar-se i concentrar-se, aquests dos nivells de poder i coacció es reforcen perillosament i es fan potencialment molt més absoluts. D'aquí que ara calgui —ara més que mai— que les nostres institucions i autoritats siguin profundament liberals: prou liberals com per establir voluntàriament i des de dins, els límits que ells veien abans des de fora; per recrear deliberadament el joc i el pluralisme que abans venia donat pel sol fet que les fonts de poder, de control i de legitimació fossin dues i distintes.

O posem ara l'altra cara del disc. Tothom estarà també d'acord a dir que avui la politiqueria està menjant-se i minant la política; que els partits polítics actuen en funció de pactes parlamentaris, de reflexos corporatius de l'aparell mateix, d'interessos electoralistes, i que tot això ha allunyat o ha desencisat la gent de la política. Doncs bé, jo m'atreviria a dir que, si ho rumiem bé, trobarem que això de la politiqueria no està tan malament —que fins i tot manifesta un estat de maduresa i de normalitat política. És en la democràcia i la seva politiqueria que aprenem que els polítics no són millors que l'altra gent, i que els partits tenen, a més dels interessos del grup social que representen, interessos immediats de tipus corporatiu (interessos que només molt mediatament, en la mesura en què reforcen el partit mateix, poden ser també els dels votants). És en aquesta situació que aprenem també que els polítics no són defensors de la Veritat sinó advocats parcials —partidistes— d'uns interessos de grup i/o d'unes conviccions ideològiques. La democràcia no és doncs res més, ni res menys, que aquell sistema en el qual, gràcies a Déu, la politiqueria se sent i es veu; un sistema on les incerteses teòriques i els interessos particulars són representats (en el sentit teatral i no sols polític del terme) i no camuflats o estilitzats. I per aquest sol fet jo gosaria dir que la politiqueria, en el nostre país especialment, és fins i tot pedagògica. Acostumats durant tant de temps a poders o a teories polítiques que pretenien encarnar imparcialment la Història, el Bé Comú, la Revolució Emancipadora o la Santa Tradició, és bo que la gent vagi aprenent que la política no és res més que la tensa, sorda i de vegades sòrdida negociació i lluita entre interessos, classes, països en conflicte. L'únic problema, naturalment, és que en assabentar-nos-en, com qui diu, massa de cop, reaparegui el desig d'un *Padre de la Patria* que ens salvi d'aquesta imatge real i desemparada de nosaltres mateixos que ens dóna l'experiència democràtica —i tant més una democràcia representativa (és a dir, no participativa) on les decisions apareixen preses també pel clan dels polítics.[2] En termes freudians podríem dir que la temptació consisteix a tornar el poder al pare savi i virtuós (el dictador) vista l'olla de grills en què s'ha constituït el clan dels fills (la democràcia) en administrar la seva herència. Per això cal recordar, i la politiqueria ambiental ens ho recorda, que la llibertat i la democràcia no són pas, com tant de temps hem cregut, l'era d'una nova divinitat laica sinó «condicions, mitjans i atmosfera d'un ideal de desenvolupament personal i col·lectiu, d'una energia en lluita»... El perill, com dèiem, no és altre que, cansats i desenganyats d'aquesta nova responsabilitat, preferim l'*opacitat lluent* de les dictadures que, inasequibles al *desaliento*, treballen pel Bé Comú i defensen els Valors Eterns, a aquesta *tèrbola transparència* que ens ofereix la democràcia i en la qual poques vegades ens agraden les coses que veiem. Atès i considerat aquest perill, cal ara repetir un cop més que la politiqueria és, i ha estat darrerament en aquest país, la més profunda i seriosa pedagogia col·lectiva.

Però deturem-nos ara. És evident que dir, encara que sigui polèmicament, que per ser moral cal ser irresponsable o que la millor política és la politiqueria, és quelcom que trenca els hàbits mentals i les conviccions morals més arrelades, cosa que irrita considerablement la gent. No és doncs gens estrany que els filòsofs, en la mesura que han fet aquest paper, hagin acabat tot sovint ma-

2. Aquesta lliçó fou emesa l'octubre del 1981.

lament. Penseu que els filòsofs som potser els únics, a més dels cristians, que tenim un pare fundador —Sòcrates— que va ser executat. I Sòcrates va ésser executat precisament per impietat, per falta de respecte a la tradició, fins i tot per perversió de menors. Està vist que res no inquieta ni sembla tan subversiu com el sol fet d'esmentar i treure a la llum tots aquells aspectes de la realitat censurats pels nostres hàbits o rellegats a l'obscuritat pels administradors oficials de la veritat.

Però tampoc cal aquí exagerar massa. Potser sí que als filòsofs els toca ser apòstates crònics, però cal encara que siguin (com deia la Inquisició d'aquell pobre home que va cremar a Durango) «apòstates relaxats», apòstates no crispats. ¿I què vol dir això d'apòstates relaxats? Vol dir apòstates que sàpiguen que, malgrat tot, la seva eficàcia no rau tant en el poder i la claredat del seu pensament com en la debilitat del seu convenciment. I és amb la glossa d'aquesta darrera afirmació que voldria concloure aquestes xerrades.

El fort de la filosofia és —i no pot ser altre— la vulnerabilitat del seu coneixement i la debilitat del seu convenciment. ¿I per què ha de ser el coneixement filosòfic un coneixement *dèbil*? Si recordeu el que dèiem a la segona xerrada sobre els nostres vicis com l'altra cara de les nostres virtuts, veureu que podem igualment aplicar-ho aquí en afirmar que tot sovint la força i la potència del nostre pensament és l'altra cara de la nostra ceguesa envers el que tenim a la punta del nas. I és que un pensament massa poderós que tot s'ho entén (anava a dir: que tot s'ho empassa) acaba sovint ensordit pel seu propi estrèpit, enlluernat per la seva pròpia llum, empatxat amb tot allò que ha engolit. L'autèntica experiència de la realitat, en canvi, només comença allà on acaba la nostra capacitat de fer-nos les coses a la nostra mida. D'aquí que l'experiència fonamental de les coses no resideixi en la comprensió de l'antropòleg, en l'erudició de l'historiador, en l'anàlisi del lingüista ni en la interpretació del psicòleg. Aquesta experiència està més aviat en el perímetre de les coses singulars que no volem o no sabem encara transformar en matèria prima de les nostres construccions teòriques: en el seu entorn ja accessible però encara inexplicable, ja perceptible però encara incomprensible —precisament tot allò que la investigació convencional rebutja o evacua com a excepcions. Ara bé, per deixar doncs que les coses se'ns apropin sense anticipar-les ni neutralitzar-les amb un concepte, per deixar que se'ns apropin fins i tot aquelles que van contra les nostres conviccions i els compromisos bàsics, cal tenir una actitud més aviat feble que no pas forta, més vulnerable que no segura, més femella que no mascle, més receptiva que no activa.

Penseu, en efecte, que els individus que han aportat una nova visió de les coses han estat, tot sovint, persones amb una gran personalitat, però rarament amb un caràcter fort ni amb idees massa precises sobre les coses. Vegem, sinó, quin és l'avantatge que té sempre Sherlok Holmes sobre Watson en les seves investigacions. L'avantatge consisteix en què mentre Watson, així que entra a la sala del crim, veu de seguida què és allò que és important i significatiu —el ganivet sobre la taula o la perxa ensangonada— Sherlok Holmes es deixa atraure per allò més trivial i insubstancial: per una espelma, per exemple, que, si l'assassinat es va cometre a les set de la tarda, hauria d'estar apagada, i, en canvi, encara crema. I aquest és, quasi sempre, el mecanisme d'una descoberta o d'una visió nova de les coses —el fet de trencar els esquemes habituals que defineixen què és rellevant i què és insubstancial, quin és el mitjà i quin és el fi (un altre exemple: el descobriment del motor elèctric no va consistir sinó en el fet que a algú se li va ocórrer d'invertir la relació mitjà-fi en una dinamo), què és estructura i què és funció, què és missatge i què és, simplement, soroll... Com tots els seus amics, Pitàgores contemplava com un ferrer fabricava una eina de llaurar, però a diferència dels altres, que es fixaven en allò que era important —en la forma de l'eina—, ell va ser capaç de posar l'atenció sobre el soroll que feia —i va descobrir així l'escala dels sons... Saber doncs, com Pitàgores o com Sherlok Holmes, fer atenció a allò que «no importa», requereix, penso jo, tenir uns esquemes mentals prou flonjos i prou borrosos per tal que l'experiència de la realitat pugui estructurar-se d'una manera nova; no tenir d'antuvi una idea massa clara del que es vol i del que es busca; saber atendre sense entendre. És només a una ment i a una actitud d'aquesta mena que conceptes aparentment tan heterogenis com cultura i repressió (Freud), gravetat i trajectòria dels astres (Galileu) o matèria i energia (Einstein), poden manifestar una connexió tan profunda com insospitada.

Però hem dit també que una actitud filosòfica requereix no només un *coneixement* feble sinó, a més a més, un *convenciment* feble. Perquè pel que fins ara he dit algú em podria argüir, i amb raó: «Aquest Rubert sembla que veu molt clar això que tots hem de veure-hi fosc; ell diu molt fort i convençut això que el pensament ha d'ésser dèbil i imprecís.» I dic que tindria raó perquè, en efecte, els filòsofs han de començar per veure fosc el món, però, per a ser fidels a la seva tasca, han d'acabar per veure fosques i dubtoses les seves pròpies construccions. Així, el filòsof no pot creure que ara sí que ell us explicarà el que de debò és l'Home, o el Món o el Pensament. Cal que sàpiga que no fa més que suplir vells mites o velles metàfores per nous esquemes, noves imatges o nous models, tal volta millors o més adequats que els anteriors, però que mai no poden pretendre d'esgotar ni de representar perfectament la realitat. El filòsof que no sap això no fa més que suplir tòpics populars per tòpics acadèmics —i mal que mal, sempre són millors els primers que els segons.

Ara bé, aquesta capacitat de saber tenir una certa distància, no només respecte a les coses, sinó respecte a nosaltres mateixos, aquest sentit no ja crític sinó pròpiament autocrític, crec que els catalans el tenim prou ben desenvolupat. N'hi ha prou amb donar una conferència a Madrid i a Barcelona per a comprovar una notable diferència en l'auditori. Imagineu que en la conferència jo faig una frase més o menys contundent i grandiloqüent del tipus: «L'home només és sincer quan porta la *seva* màscara» o «Natural no vol dir res més que habitual». Doncs bé, a Madrid la gent s'hi resisteix o s'hi adhereix, n'està encantada o indignada, a favor o en contra. A Barcelona, no; a Barcelona la gent respon més aviat amb un «està ben vist o mal vist», «és una manera de veure-ho». Frases totes elles que semblen manifestar la consciència que en aquest país tenim que la realitat de segur és molt més complexa que tot allò que en puguem dir; que les nostres afirmacions mai no arribaran a posseir i a exhaurir la realitat; que tota afirmació és una aproximació, més que no pas una adequada representació del seu objecte. I en la moderna tradició del nostre pensament —la que pot anar des de Maragall a D'Ors, des de Carner a Crexells, des de Fuster a Ferraté Mora o al mateix Pla— apareix clarament, no només aquesta consciència que la realitat és sempre molt més complexa i matisada que el que en puguem dir, sinó també un interès molt especial per aquell aspecte sensible i escadusser de les coses que no es deixa mai dominar pels nostres esquemes. Això vol dir que a Catalunya, a més d'aquell *sentit crític* de què hem parlat (un sentit que corre sempre el perill de fer-se melodramàtic i de creure's massa a si mateix), acostumem a tenir un cert *sentit comú* que no ens deixa mai oblidar que si certament hi ha en el món més coses de les que copsen els nostres sentits, també n'hi ha més que aquelles que copsen les nostres elucubracions.

Conclusió, doncs, si és que pot parlar-se de conclusió: Que satisfets, contents i calents, no podem quedar-nos-hi amb els tòpics convencionals, però tampoc amb les reflexions transcendentals; que no hem de restar enganxats a les convencions establertes, però tampoc en les especulacions filosòfiques. «De la importància de veure-hi fosc», vaig titular aquestes xerrades, i espero efectivament haver-vos enfosquit una mica més el panorama al llarg del seu curs. D'altres en vindran, ja us ho advertia, a oferir-vos una veritat transparent i contundent, eterna o nova de trinca —seran els polítics o els científics, els professors o els poetes. Això, però, ja no és la nostra tasca. Moltes gràcies per la vostra atenció, bona nit i bona travessia per aquestes foscors on, plegats, hem gosat aquests dies endinsar-nos unes quantes passes.

II. JOAN CREXELLS
O LA FILOSOFIA A CASA NOSTRA

«Aquesta manera de mirar que em conté completament (...), aquest meu acte essencial, aquesta definició, condició singular —existeix en aquesta altra cara, la cara d'algun mort, ja sobre aquella, també sobre aquella altra, en edats i èpoques diferents.»

P. VALÉRY, *Monsieur Teste*

1. *UNA CERTA IDEA DE CATALUNYA*

Sempre he pensat que només podem enorgullir-nos del que ens ha estat donat. D'entre les meves tendències i creences, en efecte, només em complauen aquelles l'origen de les quals puc retrobar fora de mi i de les quals en sé retraçar el llinatge: el tímid reflex de l'avi, la suspicàcia de la mare envers tot el que és massa clar, la mateixa ingenuïtat i matusseria dels germans... Més ençà de l'agradable sensació de *comunitat* espiritual o ideològica que podem sentir en llegir certes pàgines d'Èsquil o Shakespeare, hi ha aquest sentiment de *continuïtat* personal, quasi fisiològica, pel qual ens entenem, per dir-ho així, des d'«abans» o des de «darrera» i pel qual se'ns fan transparents les més fines matisacions del dubte o de l'esperança que travessen el nostre esperit.

Ara bé, és quelcom semblant a aquesta familiaritat i aquesta complicitat el que he retrobat, de sobte i inesperadament, en llegir Joan Crexells (1896-1926). Entre aquella sensació de comunitat amb tots els homes que ens dóna la lectura d'Èsquil i aquesta continuïtat de sang o de llinatge m'ha semblat reconèixer una tercera via: una *complicitat* ideològica nacional que traspassa el nivell de les idees, el caràcter immediat i fisiològic de les relacions familiars i que constitueix, segons Crexells, la «immortalitat de la nostra visió parcial del món» que perdura en la nació: «la gran vencedora del temps, la gran eternitzadora del cos».

No, no es tracta aquí de fer un himne romàntic a «l'esperit nacional» —encara que si em surt ja m'està bé. Ni pretenc tampoc de vestir o de legitimar el meu poc talent amb el geni enlluernador de Crexells. Es tracta tan sols d'assenyalar alguns dels trets del seu pensament i del seu tarannà pels quals crec que ens podem sentir, no ja informats des de fora, sinó explicitats des de dins; que ens interpel·len col·lectivament i ens remeten, no tan sols a unes idees generals, sinó a una manera de ser particular. A això afegiré només un curt elogi per significar que Crexells no és només un valor «nacional», sinó que el talent i la intuïció filosòfics que té manifesten una subtilitat i una coherència que continuen essent úniques en la filosofia contemporània arreu de la península.

Doncs bé, ¿quins són aquests trets prou clars i prou definits que es troben en l'obra de Crexells i que segons dèiem reflecteixen i resumeixen el tarannà que presideix la nostra relació amb la realitat que ens envolta? Es tracta, dit prou matusserament, de:

— L'admiració i el respecte per la complexitat i la matisació de la realitat —cosa que vol dir que aquesta no pot mai ser «resolta» en els seus pressumptes elements essencials, però tampoc «absolta» del seu llast.

— L'entusiasme i la lleialtat envers allò que tenen de circumstancial, d'híbrid i d'escadusser les coses i fins i tot les idees o els ideals més sublims.

— La consciència i la cura per la *precarietat* d'allò que hem assolit, i que si per una banda no cal donar mai «per descomptat», tampoc no podem prendre mai alegrement com una etapa o un graó a ser «superat».

2. *LA COMPLEXITAT DE L'ESTRUCTURA: LA LLENGUA I EL PASSAT CULTURAL*

«Us ofega l'estètica»: heus ací una afirmació pròpiament contradictòria. ¿Com negar-nos, en efecte, en la superfície mateixa de les imatges, dels sons i de les formes? Podem ofegar-nos, certament, quan ens capbussem fins al fons dels fenòmens per tal d'extreure'n la seva hipotètica essència —ontològica, psicològica, etc.—, però de cap manera en aquest món d'aparences que mai no perden la seva «tensió superficial» per a resoldre's en el seu concepte i anar a parar, ja dissoltes, al si de les idees substancials. Mai, doncs, no ens perdrem en les profunditats deliqüescents si no oblidem, com ens recorda Crexells, que «cal respectar totes les emocions que dóna l'element irreductible a conceptes» de la realitat i de la vida, i si, des d'aquest respecte «estètic» per les superfícies, entenem com ell els fenòmens lingüístics i nacionals. Vegem-ho.

«Per bé o per mal, escriu Crexells, les idees només s'expressen amb paraules; per bé o per mal, els mots seguits en un paràgraf marquen un ritme; per bé o per mal, aquest ritme marca un ritme en el seguit de les idees; per bé o per mal, els mots han de ser sons i han de tenir ressons a l'orella i a l'esperit.» No hi ha, doncs, manera d'absoldre la llengua dels seus «elements conceptuals»: els mots són sempre «ressò, ordre, ritme» i mai no se'n pot fer «un simple paper d'embolicar idees». Cosa que no vol dir tampoc que es pugui resoldre el discurs en aquesta superfície «retòrica i ressonant». No hi ha conceptes sense ressò, certament, però tampoc ressò sense conceptes. «El mot "filòleg", ens recorda Crexells, vol dir també, en grec, amic dels raonaments (...). I jo crec que els catalans són racialment filòlegs, en aquest sentit. No en va a l'interior del mot enraonar i ha el mot raó.»

És així com Crexells reprèn entre nosaltres una tradició clàssica i mediterrània en la qual allò conceptual i allò sensual, les imatges i els sentits (el «sentit» teòric —*aletheia*— i el «sentit» de la vista —*theoria*—) brollen tothora ensems. El so, la figura, l'aparença de les coses, forma, per dir-ho així, una escorça alhora consistent i flexible que mai no es deixa dissoldre o transcendir per la idea que porta a dins (pel seu «concepte» o «idea»), però que li permet tanmateix —com la túnica sobre el cos nu— de transparentar i fins i tot d'expressar l'ordre i la lògica de la seva aparença: la seva fisio-nomia i fisio-logia... I és que, per on siguì que mirem el món clàssic, ens trobem sempre amb un teixit de figures definides gradualment pel seu aspecte, per la seva faìsó o posició relativa, més que no pas per un valor o per una jerarquia definits des d'abans. Heusací perquè la *comprensió* essencial de les coses mai no pot suplir allí perfectament la *descripció* de la seva història ni el dibuix de la seva figura. La mateixa Atenea —per posar un exemple prou conegut— no és pas un mite o una al·legoria per a simbolitzar el «concepte» de saviesa: n'és, per contra, la indepassable descripciò figurativa. Nascuda del cap de Zeus (el poder?), ajudat en el part per Hephaistos (la laboriositat?), perdedora en el judici de Paris enfront d'Afrodita (¿la bellesa?), protectora d'Orestes (dels mascles?), aliada del senat atenenc (urbana?), manipuladora de les Erínnies (antifamiliar?), etc., etc. Què més —què menys— es pot dir de la saviesa sense reduir-la a un concepte esquemàtic i abstracte?

Els classicìstes, certament, ens podrien explicar les figures del món clàssic molt més senzil·lament i succinta en termes de «contenció, harmonia, disciplina, ordre, mesura i tota la resta». Però cal advertir de seguida que, malgrat el seu profund coneixement de la història, la filosofia i la llengua grega (o potser precisament per això), Crexells no fou mai un classìcista i es definí fins i tot per contrast amb el classicisme convencional del noucentisme. Més endavant veurem com és aquí on es manifesta alhora el seu geni teòric i la seva catalanitat ideològica.

«El que passa —escriu en *Els clàssics i la joventut*— és que els nostres noucentistes no han arribat als clàssics; s'han quedat a *La ben plantada.* Per un estat de coses absurd, fins ara l'home que ha predicat el classicisme ha obtingut més apassionats del classicisme que dels clàssics.» D'un classicisme, a més, que sovint «veia els clàssics a través dels clàssics francesos», i que ens arribava «embolcallat amb el conjunt de doctrines de Maurras i de l'Action Française».

Enfront d'aquesta caricatura dels clàssics adobats pel classicisme i transformats en categoria pel noucentisme, Crexells va descobrir i va buscar inspiració en la lectura mateixa de les obres clàssiques, obres que no es deixen mai resoldre en els conceptes de «mesura», «harmonia» o «proporció». «A Grècia —ens diu— hi ha edats mitjanes i renaixements i obscurantisme i *Aufklärungen* (...).» «L'hexàmetre d'Homer —diu ara Crexells citant Riba— no és l'alexandrí clàssic francès, on cada vers és de per si un ordre, alguna cosa com una arquitectura. En Homer, en canvi, tot flueix (...). I el mateix passa en Plató. L'estil llisca lliurement en el temps i no hi ha cap arquitecte que el pugui lligar lògicament ni que pugui donar a un paràgraf de Plató aquella visió simultània pròpia del classicisme, en el sentit vulgar del mot.»

I és aquesta sensibilitat de Crexells envers l'aspecte contingent i no proclamat de les coses o de les obres, allò que li va permetre d'apreciar tant la plasticitat i la transparència en l'obra «difícil» de Riba com el progressisme en el catolicisme «tradicional» de Junoy; el que el va dur a descobrir i a gaudir de la fluïdesa en els clàssics i de la retòrica en els romàntics: és a dir, allò que precisament escapava a la idea que se'n tenia i que se'n té encara.

Tot plegat està molt bé, us deveu dir, però tot això, què té a veure amb la catalanitat? Què té a veure amb el nostre país aquest sentit de la complexitat, aquesta valoració de les aparences o aquesta capacitat per a flairar l'*altre* vessant de les coses que trobem en Crexells? Jo crec que hi té molt a veure i que Crexells és senzillament qui millor sabé detectar i fer explícita la mesura i la dimensió que adquireixen les coses vistes des de casa nostra. Vistes, vull dir, des d'un país que ha conegut una manca quasi crònica de les institucions culturals, científiques i sobretot polítiques, que en altres països fomenten, dirigeixen i sancionen el saber o la cultura tot fent-ne —per dir-ho en termes de Kuhn— «cultura normal». Aquesta manca ha tingut i té certament uns costos grans, però si algun guany se'n pot treure és precisament el que Crexells sabé aprofitar: és a dir, la possibilitat que des d'aquí tenim per a viure els grans fenòmens intel·lectuals de la humanitat prèviament a la digestió institucional o a la marca ideològica que constitueix, per dir-ho així, als clàssics en classicisme, a la ciència en cientifisme, al que és nou en modernositat establerta, a l'anècdota o al gest vius, en definitiva, en categoria cultural o institucional. Possibilitat, en fi, d'aprendre o de fruir d'aquests productes a part aquelles institucions on els «símptomes» culturals són convenientment desxifrats, classificats i apreciats com a «valors», «models», «etapes» o «moments» d'un procés que, com deia Anatole France, «fa convergir tot el temps i totes les èpoques a l'Institut de França, el seu fi suprem».

La voluntat de crear per a Catalunya aquests marcs o aquestes institucions que normalitzessin i estabilitzessin l'activitat cultural no li va impedir, a Crexells, d'anar dient mentrestant tot allò que podia només ser viscut i vist d'esquitllentes, és a dir, des de la perifèria de les «àrees culturals». Crexells va saber trobar el llenguatge —el to i el missatge— d'una *marca* com la nostra, on tot acaba sempre precipitant un poc més enllà; el saber una mica al nord i el poder una mica més al sud; la bellesa a les costes de l'est i la cega fe nacionalista a les del nord-oest. Una marca, tanmateix, on excepcionalment aquesta marginalitat ha arribat a constituir una experiència distintiva i a adquirir consciència d'ella mateixa. D'aquí que sigui un país, el nostre, on es pot intentar una difícil i delicada operació: descriure el passat i la modernitat, els seus mites i els seus ritus, sense idealitzar i fer al seu torn un mite de la pròpia conjuntura o posició; on es pot parlar des d'on som (és a dir: de fora estant) sense fer, però, de la pròpia excentricitat una contracultura, antipsiquiatria o neoacràcia particulars que acabi constituint un nou «discurs ortodox» com ara el de la marginalitat o el de la dissidència. D'aquí, en fi, que la denúncia de Crexells a la pretensió d'inventar una «ciència» específicament catalana a l'estil de Pujols fos paradoxalment el gest on s'expressa més palesament la seva profunda catalanitat.

3. *LA IMPERFECCIÓ DE LA NATURA: LA NACIÓ*

Crexells s'enfrontà d'antuvi amb la idea moderna que el fet encara «natural» de la nació ha de quedar anul·lat i transcendit per una qualsevulla entitat «espiritual». Aquesta entitat superior que devia superar el caràcter «merament empíric» de la nació era per als kantians la Humanitat en general, per als hegelians l'Estat i per als marxistes la nova «classe universal». Al·lèrgic a tota mena de superacions ideals, Crexells defensà, per contra, la irreductibilitat d'aquest híbrid que és la nació —«punt mig entre el cos i l'esperit»— que «constitueix *de fet* una unitat personal, més profunda que l'Estat, que la Humanitat (...) i no cal dir que la classe». I és clar que la nació és una idea «impúdica», marcada i llastada per una llengua, una història i una terra concretes! Tan impura, diria Schlegel, «com totes les *idees* que no són simples il·lusions o construccions», i que són les úniques que poden donar alhora realitat i originalitat a les idees.

I és també, podríem afegir nosaltres des d'una perspectiva menys romàntica, el que fonamenta en darrer terme la llibertat i la democràcia *reals*. Perquè és un fet històric que va ser l'organització de la comunitat en unitats territorials —i no la seva institucionalització ideal com Estat— la que va ser a la base de la invenció grega de la democràcia. La reforma de Clístenes, en efecte, va eliminar l'influx particularista que sobre la comunitat tenien les relacions de llinatge i de parentiu, d'estirp i de tribu, però va fer-ho per mitjà de la divisió del poble àtic en *phylai* i *demos* limitats en l'espai. És a dir: substituint una determinació natural (la sang, l'estirp) per una altra (l'espai), i no pas dissolent totes les determinacions «naturals» en l'àcid d'una idea qualsevol de l'Estat o de la Llibertat. ¿O no havia dit ja Marx, més realista i conservador aquí que molts dels seus seguidors, «que només se supera allò que se supleix»?

Si donem ara un cop d'ull al que fins aquí ens ha dit Crexells de la llengua i de la nació, no és difícil de descobrir-hi l'expressió teòrica d'una experiència ben peculiarment nostra. ¿Com creure, des d'una nació i una parla que s'ha mantingut arrapada a terra i contra totes les promulgacions, com creure des d'*aquí* en un Llenguatge o en un Estat ideals i transparents que vindrien a «deslliurar-nos» de les nostres «adherències naturals»? O, ¿com creure encara en la tesi contrària (i en definitiva complementària), que la Veritat només es pot definir i defensar *enfront* d'un logos col·lectiu o institucional, lingüístic o nacional? I és que jo diria que tant la fe com l'apostasia, tant el mite com el subsegüent desengany o la denigració d'aquestes Essències ideals i separades —deslliurades, en tot cas, «dels seus elements no conceptuals»— no van pas per a nosaltres. És a Madrid, potser, on cal moure's *dins* o *contra* d'aquestes Essències (ésser Analític o Àcrata, per dir-ho així); aquí n'estem més aviat al *costat*, a la seva perifèria. Aquí la història sembla que va per altres camins menys doctrinaris, i també menys contestataris: per la difícil comprensió d'una realitat híbrida, complexa i limitada; per la problemàtica consolidació d'una llengua i d'un país que tenen un horitzó geogràfic i no pas conceptual.

Crexells no parla de la immortalitat de l'ànima sinó del cos o del país: «La immortalitat de la nostra visió parcial de les coses.» Com Maragall, no somia sinó en l'eternitat d'allò que sembla aleatori o circumstancial. Allò que ha de sobreviure no és l'ànima o l'essència, sinó aquest compost tan circumstancial com improbable que constitueix un cos o un país concret.

Deu-me en aquests sentits l'eterna pau
i no voldré més cel que aquest cel blau.

«És l'eternitat d'aquestes imperfeccions —s'exclama Crexells— justament el que jo voldria. L'eternitat d'una visió parcial, d'un coneixement imperfecte, l'eternitat del dolor i de la tragèdia del moment que s'esmuny.» En Crexells trobem així, duta al seu extrem, el que Josep Pla defineix en algun lloc com «la caritat de comprendre que tot viu sempre una mica en un equilibri inestable (...), i l'heroisme de mantenir allò que per la seva naturalesa mai no serà perfecte».

Ara bé, jo diria que és només a partir d'aquest sentit i interès per tot allò que és anecdòtic, casual o escadusser (sentit característic, ben entès, d'una sensibilitat burgesa i liberal) que pot arribar-se a una autèntica *experiència* de la realitat. Les coses, en efecte, només ens apareixen com a tals quan se'ns resisteixen: quan no són tan «lògiques» com reals, quan no «casen» amb els nostres conceptes ni «cedeixen» a la nostra acció. Aleshores, i només aleshores, sabem que aquesta taula no és una il·lusió dels nostres sentits ni aquest amor una il·lusió dels nostres sentiments. I és que, en propietat, només experimentem allò que no acabem de comprendre o de controlar. La «resta» o impuresa que no es deixa dissoldre pel nostre enteniment constitueix així l'element catalític sense el qual la reacció gnoseològica —com sovint la química— no es produeix... Però deixem aquí aquestes consideracions massa filosòfiques per a centrar-nos en el darrer aspecte del pensament i de la sensibilitat de Joan Crexells: el seu concepte de Democràcia.

4. *LA PRECARIETAT DE LA CONJUNTURA: LA LLIBERTAT I LA DEMOCRACIA*

He dit que al costat de la seva sensibilitat envers la complexitat i fins i tot la imperfecció de les coses, hi havia en el pensament de Crexells un sentit profund de la seva *precarietat i fragilitat.* I he d'afegir ara que és aquest mateix sentit el que explica i el que fonamenta el seu conservadorisme radical, democràtic i militant —èpic, fins i tot.

Crexells comença per definir amb tota precisió dues actituds aparentment oposades però que encara avui operen aliades contra la democràcia. La primera entén que la democràcia és quelcom ja adquirit, que és «una dada del temps». I la segona pretén d'extreure conclusions «progressistes» d'aquesta mateixa convicció: si la democràcia és ja una dada històrica, cal prendre-la com a punt de partença per tal de superar-la, per a anar més enllà. Ambdues actituds, però, xoquen amb l'experiència més pròpia del país des del qual i al qual parla Crexells: l'experiència que allò que s'ha conquerit no es pot donar mai per donat i beneït; que s'ha de *lluitar per a conservar-ho*: comprometre's activament, no ja per a millorar, sinó, simplement, per a subsistir. Els asteques creien que l'ordre còsmic no era una «dada natural», sinó que calia alimentar dia a dia el Sol amb sacrificis per tal que no s'apagués. I nosaltres tenim l'experiència que el reconeixement nacional i l'ordre polític assolits no són mai una «dada històrica», sinó que la seva sola existència reclama una constant atenció i dedicació.

Però vegem com ens ho diu, i molt millor, el mateix Crexells. L'estricta vigència del seu plantejament crec que justifica aquí l'extensió de la cita que segueix:

«El raonament d'alguns enemics dissimulats de la democràcia és aquest (...): en els països on la Constitució determina una elecció sobre bases democràtiques, l'ideal democràtic ja està aconseguit. Es comprèn, per tant, que la pura idea democràtica no representa allí cap mena d'atracció (...). Aconseguit l'ideal democràtic (...), s'ha de combinar i completar ara amb altres objectius. En dir que un partit és un partit democràtic cal preguntar: i què més?

»Però, de fet, la forma de govern democràtic representa un estat tan delicat de govern, que constantment hi ha la possibilitat que es converteixi en una forma de govern contrària. Hi ha un error que tenen molts polítics (...) segons el qual un cop arribats a una forma de govern democràtica ja no costa gens de conservar-la (...), i que la millor defensa de la democràcia són "els temps actuals". La tirania, diuen, (...) és un anacronisme massa grotesc perquè sigui possible de mantenir.

»I això és un error. Governar democràticament és molt més difícil que governar tirànicament, en tots els temps i en tots els Estats de cultura (...). En tots ells, doncs, es presentarà la temptació de davallar cap a una forma de Govern més simple» (*Sobre la democràcia, encara,* 1926).

«Cal anar, doncs, amb compte —havia escrit ja el 1924 a *Els Clàssics i la política*—, cal que no fruïm tranquil·lament del que ens pensem que és una conquesta de la nostra època perquè quan ens desensopim, potser ens trobarem amb una organització oligàrquica de les que qualificàvem despectivament d'antiquades (...) Marx tenia una concepció històrica que havia fet creure als socialistes que l'adveniment del socialisme s'esdevindria per necessitat històrica (...). Contra el cant de sirena del "progrés", però, s'ha de sostenir que no hi ha cap situació política defensada només pel temps. Jo sóc partidari de la democràcia perquè la democràcia apel·la en mi un cert sentit de justícia (...), però estic molt lluny de creure que en el segle XX —en ple segle XX, com diu el partidari del progrés quan discuteix— no sigui possible una altra organització política. La democràcia s'ha d'obtenir, ara i en tots els temps, amb un esforç dels seus partidaris; i quan s'ha obtingut una organització democràtica, no s'ha de pensar a desenrotllar una missió històrica bo i esperant el que durà l'etapa superior del progrés, sinó que s'ha de defensar. S'ha de defensar perquè les forces reaccionàries són tan vives i tan potents com a qualsevol altre moment de la història (...).»

La crítica d'aquells que defensaven que l'estudi dels clàssics afavoria posicions políticament reaccionàries, serveix llavors a Crexells per a acabar de definir i de perfilar la seva actitud:

«A Grècia i a l'època clàssica, operaven forces democràtiques i reaccionàries, comunistes i individualistes, igual que a l'època actual i més o menys igual que en totes les èpoques. Ocupar-se de l'època clàssica no accentua, doncs, el sentit reaccionari més del que podrà accentuar el sentit democràtic. Una cosa, però, em sembla que produeix necessàriament l'estudi dels clàssics, i és la convicció de la constància dels factors essencials que juguen en les situacions polítiques; la convicció, en definitiva, que no existeix cap progrés essencial en l'organització política i social a través de la Història. Ja sé que la tesi contrària és considerada com un dogma democràtic. Però aquest dogma (...) és un producte de la concepció hegeliana de la història popularitzada, amb les alteracions ben conegudes, pel socialisme dels marxistes. Aquesta concepció, segons la qual cada moment de la història és diferent de l'anterior, i, per tant, hi ha organitzacions polítiques que ahir existien i avui no són possibles, és una de les coses que costarà —i ja ha costat— més cara a les democràcies europees.»

I és aquí on Crexells reprèn i capgira, contra tota ortodòxia progressista, el mateix argument hegelià i marxista de «l'astúcia de l'Esperit»:

«Després de la guerra, primerament Lenin, després Mussolini i d'altres polítics han aplicat mètodes antidemocràtics a la governació de l'Estat. I ha succeït el que succeeix sovint. I és que una idea, que en un principi és posada en circulació com a expressió d'una tendència política, beneficia en definitiva una tendència política contrària. Els primers que s'han desvergonyit en parlar de dictadura en els temps moderns, han estat els que defensen la dictadura del proletariat. I bé: la idea comença a circular fins que l'adopten les classes anomenades burgeses, i serveix interessos contraris als que originàriament havia de servir.»

Ara bé, ja he dit que a Catalunya hem tingut una experiència que justifica i que fa operativa aquesta consciència de la democràcia com una realitat tan complexa, fràgil i aleatòria com el país mateix, i a la qual, per aquest motiu, la sort del país sembla lligada. Però és en aquesta terra on hem vist també aquesta realitat sacrificada o, simplement, negligida. Sacrificada en nom d'una llibertat o d'una democràcia més altes, en nom de les quals hem vist perdudes les nostres llibertats reals; en nom d'un progrés del qual hem pagat sovint els plats trencats. O negligida des d'un «no t'hi emboliquis», conservador i egoista, que entenia que l'única llibertat que calia defensar era la llibertat d'empresa, i que, per fer-ho no dubtà a aliar-se amb el més centralista dels dimonis...

Sembla doncs difícil, certament, creure des d'aquest país en la història i el seu progrés infal·lible. La nostra experiència ens duu més aviat a un realisme tan entusiasta, radical i crític envers el país com al·lèrgic a tota mena de «missions històriques»; a un liberalisme amatent i sempre disposat a la defensa de la més «formal» o circumstancial de les llibertats. Exactament el missatge que, entre articles i papers solts, va tenir temps de deixar-nos Crexells abans de morir a vint-i-nou anys.

Caldria parlar encara, és clar, del geni, de la perspicàcia i del tacte exquisit de Crexells en tants d'altres àmbits, però en això ja s'hi ha esmerçat Norbert Bilbeny, i espero que aviat trobarem entre nosaltres qui acabi de dur-ho a terme. En ferho, però, caldrà no deixar-se enlluernar per l'amplitud i la profunditat de l'erudició de Crexells: pels seus miscel·lanis coneixements d'economia i de lògica formal, de matemàtiques i d'escolàstica, de la filosofia moderna que coneixien Ortega, Xirau i els seus mestres, i també de la que ells desconeixien: marxisme, positivisme lògic, etc. Tot això, tot i ser important —i impressionant— ho és molt menys que el seu tarannà incisiu i liberal, punyent i discret, apassionat i enraonat alhora —un temperament que el duia, com deia ell mateix de Pompeu Fabra, «a no donar mai un argument dèbil per un argument fort; una premissa per una conclusió; una opinió per una veritat objectiva». Impressionants, són, en efecte, la finor i el sentit de la modernitat —comparables només als de Walter-Benjamin— que el van dur a interessar-se —i fins i tot a integrar-ho— per tot allò rebutjat per la modernitat acadèmica: des de la polèmica marxista entre Bernstein i Kautski fins a la filosofia de Balmes i el vuit-cents català —una filosofia que, a diferència de la d'aleshores, «prometia poc però donava tot allò que prometia». Impressionant és encara el seu sentit dels nivells i de l'estructura de la realitat, i dels quals no és possible de prescindir per a extreure a aquesta realitat, des d'una sola «lectura», la seva «vertadera essència». Res més allunyat de Crexells, doncs, que aquella caça orsiana de la «categoria» darrera de qualsevulla «anècdota», o de l'afecció a «aquestes emocions metafísiques que sent Ortega i Gasset cada vegada que va d'excursió». Crexells sap donar-nos, en canvi, una viva i punyent «descripció fenomenològica» del seu viatge en avió en un discurs on les seves reflexions adquireixen la mateixa qualitat i consistència que les sensacions que descriu, i amb les quals arriba a formar un continu perfecte. Un continu que per a Crexells cal reconèixer en cada realitat social sense pretendre resoldre-la i/o dissoldre-la en els seus « elements»: la infrastructura que s'hi transparenta, les sensacions que ens provoca, els antecedents que reclama, les associacions que ens desperta, etc., etc. I és que, per dir-ho amb paraules del mateix Crexells: «L'acte de votar el president del Consell de ministres, un tractat o Napoleó, perd tot sentit si s'intenta no reconèixer en aquests fets res més que les realitats físico-psicològiques que contenen.

Un tractat és un tros de paper, es digué en començar la guerra —i un físic potser hauria reduït a elements encara més simples el suposat tros de paper (...). Però els elements sensuals que componen el món del sentit comú (...) no són realitats merament físiques, ni són tampoc, malgrat que sembli el contrari, meres realitats psicològiques. El que és psicològic és la sensació, però no el seu contingut: és la sensació del so, però no el so. Podem dir, en efecte, que un so té un determinat timbre, però fóra certament absurd atribuir aquest timbre a la *sensació* que en tenim.»

En lloc d'embolicar-se amb una categoria mística —Matèria, Vida, Consciència— que tot ho explicaria, Crexells es mantingué doncs en el reconeixement d'una realitat complexa i estructurada on els elements ideals componen, amb els sensuals, l'abstracció del nombre amb la sensació del so, la causalitat física o històrica amb el sentit o intenció amb què són fetes les coses.

I és que aquest món, certament, és susceptible de nombroses lectures. La tasca de la filosofia, però, és no confondre qualsevol d'aquestes «lectures» amb l'«estructura» de la realitat. Heus ací la darrera lliçó que va deixar-nos Crexells i a la qual caldrà tornar una i altra vegada per a inspirar-nos-hi i reconèixer-nos-hi: el difícil equilibri per ell assolit entre la capacitat d'anàlisi conceptual de la realitat i el «respecte al seu element no reductible a conceptes». Un equilibri que constitueix el més original i més valuós de la nostra tradició intel·lectual i del qual Crexells va saber donar-nos-en el to.

Taula

Col·lecció universal de butxaca El Cangur

TÍTOLS PUBLICATS

1. Salvador Espriu, *Narracions*
2. Heinrich Böll, *El pa dels anys joves*
3. Erich Fromm, *L'art d'estimar*
4. A. Soljenitsin, *La casa de Matriona / Tot sigui per la causa*
5. Bertrand Russell, *La meva concepció del món*
6. Mercè Rodoreda, *La meva Cristina i altres contes*
7. Georges Simenon, *L'home que mirava passar els trens*
8. Francesc Candel, *Trenta mil pessetes per un home*
9. Salvador Espriu, *Primera història d'Esther. Antígona*
10. O. Pi de Cabanyes, *Oferiu flors als rebels que fracassaren*
11. Manuel de Pedrolo, *Avui es parla de mi*
12. William Saroyan, *Em dic Aram*
13. Georges Simenon, *La pell d'un home*
14. Màxim Gorki, *La meva infantesa*
15. Manuel de Pedrolo, *Joc brut*
16. A. M. Badia i Margarit, *Llengua i cultura als Països Catalans*
17. Cesare Pavese, *El company*
18. Friedrich Dürrenmatt, *Grec busca grega*
19. Erskine Caldwell, *La ruta del tabac*
20. Jaume Fuster, *De mica en mica s'omple la pica*
21. Erich Fromm, *Marx i Freud*
22. Salvador Espriu, *Laia*
23. Manuel de Pedrolo, *Mecanoscrit del segon origen*
24. Màxim Gorki, *Caminant pel món*
25. Montserrat Roig, *Ramona, adéu*
26. Baltasar Porcel, *La lluna i el calallamp*
27. Màxim Gorki, *Les meves universitats*
28. Dashiell Hammett, *El falcó maltès*
29. Manuel de Pedrolo, *Tocats pel foc*
30. Bertrand Russell, *Iniciació a la filosofia*
31. Prudenci Bertrana, *Josafat*
32. Joan Fuster, *Nosaltres els valencians*
33. Llorenç Villalonga, *El misantrop*
34. Mercè Rodoreda, *Aloma*
35. Joaquim Ruyra, *El rem de trenta-quatre*
36. Manuel de Pedrolo, *Mossegar-se la cua*
37. Cesare Pavese, *La lluna i les fogueres*
38. Montserrat Roig, *Molta roba i poc sabó...*
39. Manuel de Pedrolo, *Trajecte final*
40. Terenci Moix, *Lilí Barcelona i altres travestís*
41. Joan Fuster, *Diccionari per a ociosos*

42. Manuel de Pedrolo, *S'han deixat les claus sota l'estora*
43. Vasco Patrolini, *Metello*
44. Salvador Espriu, *Ariadna al laberint grotesc*
45. Erich Fromm, *La por a la llibertat*
46. Avel·lí Artís-Gener, *Paraules d'Opòton el Vell*
47. Terenci Moix, *Assassinar amb l'amor*
48. Baltasar Porcel, *Els argonautes*
49. Manuel de Pedrolo, *Cops de bec a Pasadena*
50. Pere Verdaguer, *El cronomòbil*
51. Pere Calders, *Demà, a les tres de la matinada*
52. Manuel de Pedrolo, *Si són roses, floriran*
53. Màxim Gorki, *La mare*
54. Mercè Rodoreda, *Semblava de seda i altres contes*
55. Llorenç Villalonga, *El llumí i altres narracions*
56. Vicenç Riera Llorca, *Tots tres surten per l'Ozama*
57. Heinrich Böll, *Sense dir res*
58. Pere Calders, *Invasió subtil i altres contes*
59. Robert Saladrigas, *Boires*
60. Jordi Sarsanedas, *Mites*
61. Miquel Àngel Riera, *Andreu Milà*
62. Antoni Mus, *Ganes de viure*
63. Manuel de Pedrolo, *Sòlids en suspensió*
64. Jaume Fuster, *Tarda sessió contínua, 3,45*
65. F. Scott Fitzgerald, *El gran Gatsby*
66. Baltasar Porcel, *Solnegre*
67. Alain Fournier, *El gran Meaulnes*
68. Roland de Candé, *Diccionari de la música*
69. Joan Perucho, *Les històries naturals*
70. G. K. Chesterton, *L'home que fou dijous*
71. Manuel de Pedrolo, *Acte de violència*
72. Salvador Espriu, *Les roques i el mar, el blau*
73. William Saroyan, *La comèdia humana*
74. William Golding, *Senyor de les mosques*
75. Robert Saladrigas, *Cinquanta-dues hores a través de la pell*
76. Manuel de Pedrolo, *Elena de segona mà*
77. M. Antònia Oliver, *Cròniques de la molt anomenada ciutat de Montcarrà*
78. Italo Calvino, *El baró rampant*
79. Joan Perucho, *Monstruari fantàstic*
80. Francesc Candel, *Fem un pols, Hemingway!*
81. Graham Greene, *El ministeri de la por*
82. Manuel de Pedrolo, *Detall d'una acció rutinària*
83. Miquel Àngel Riera, *La rara anatomia dels centaures*
84. Prudenci Bertrana, *El vagabund*

85. Dino Buzzatti, *El gos que va veure Déu*
86. Manuel de Pedrolo, *Múltiples notícies de l'Edèn*
87. Howard Fast, *Espàrtac*
88. Joan Perucho, *Llibre de cavalleries*
89. Margarida Aritzeta, *Emboscades al Gran Nord*
90. Pier Paolo Pasolini, *Una vida violenta*
91. M. Aurèlia Capmany, *El gust de la pols*
92. Heinrich Böll, *Casa sense amo*
93. Miquel Àngel Riera, *Morir quan cal*
94. Henry Miller, *Un diable al Paradís*
95. Pere Calders, *Ronda naval sota la boira*
96. Josep M. Ballarín, *Francesco*
97. Albert Camus, *La pesta*
98. Carme Riera, *Epitelis tendríssims*
99. Vicenç Villatoro, *País d'Itàlia*
100. Borís Pasternak, *Doctor Givago* (2 vols.)
101. Francesc Candel, *Aquella infància esvaïda*
102. Albert Camus, *El mite de Sísif*
103. Josep M. de Sagarra, *Cafè, copa i puro*
104. Joan Perucho, *Pamela*
105. John Le Carré, *Un crim de qualitat*
106. Teresa Pàmies, *Va ploure tot el dia*
107. Leonardo Sciascia, *A cadascú el que és seu*
108. Manuel de Pedrolo, *Un camí amb Eva*
109. Cesare Pavese, *La teva terra*
110. Terenci Moix, *La caiguda de l'imperi sodomita*
111. Emili Teixidor, *Sic transit Glòria Swanson*
112. Friedrich Dürrenmatt, *El jutge i el seu botxí*
113. Manuel de Pedrolo, *Se'n va un estrany*
114. Joan Perucho, *Els laberints de Bizanci*
115. Manuel de Pedrolo, *Falgueres informa*
116. Miquel Martí i Pol, *Contes de la Vila de R. i altres narracions*
117. Truman Capote, *Altres veus, altres àmbits*
118. Lluís Racionero, *Cercamón*
119. Jaume Cabré, *Fra Junoy o l'agonia dels sons*
120. Giorgio Bassani, *Darrera la porta (La novel·la de Ferrara, IV)*
121. Manuel de Pedrolo, *Situació analítica*
122. Maria Aurèlia Capmany, *Un lloc entre els morts*
123. Patricia Highsmith, *El tremolor de l'engany*
124. Manuel de Pedrolo, *Des d'uns ulls de dona*
125. Margarite Duras, *El marí de Gibraltar*
126. Joan Perucho, *Les aventures del cavaller Kosmas*
127. Lluís Fernàndez, *L'anarquista nu*

128. Mercè Rodoreda, *Viatges i flors*
129. Manuel de Pedrolo, *Unes mans plenes de sol*
130. Friedrich Dürrenmatt, *La promesa*
131. Montserrat Roig, *L'òpera quotidiana*
132. Isabel-Clara Simó, *Alcoi - Nova York*
133. Manuel de Pedrolo, *L'ordenació dels maons*
134. Arthur Miller, *Els desarrelats*
135. J. Perucho, *Discurs de l'Aquitània i altres refinades perversitats*
136. Lluís Racionero, *Raimon o el seny fantàstic*
137. Pere Calders, *Tot s'aprofita*
138. Manuel de Pedrolo, *S'alcen veus del soterrani*
139. Vladímir Nabòkov, *Pnin*
140. Ofèlia Dracs, *Lovecraft, Lovecraft!*
141. Manuel de Pedrolo, *Pols nova de runes velles*
142. Josep Benet, *Maragall i la Setmana Tràgica*
143. Carme Riera, *Una primavera per a Domenico Guarini*
144. Joan Fuster, *L'home, mesura de totes les coses*
145. Manuel de Pedrolo, *Cartes a Jones Street*
146. Isabel-Clara Simó, *Bresca*
147. Italo Calvino, *El cavaller inexistent*
148. Montserrat Roig, *L'hora violeta*
149. Carles Soldevila, *Fanny*
150. Pere Calders, *Tria personal*
151. Josep M. Espinàs, *Els nostres objectes de cada dia*
152. Manuel de Pedrolo, *«Conjectures» de Daniel Bastida*
153. Patricia Highsmith, *L'equívoc*
154. Baltasar Porcel, *Crònica d'atabalades navegacions*
155. Víctor Mora, *Els plàtans de Barcelona*
156. Italo Calvino, *Palomar*
157. Montserrat Roig, *La veu melodiosa*
158. Vicenç Villatoro, *Les illes grogues*
159. Baltasar Porcel, *Les pomes d'or*
160. Antoni Mus, *La senyora*
161. Francesc Trabal, *Judita*
162. Carles Soldevila, *Eva*
163. Muriel Spark, *El punt dolç de la senyoreta Brodie*
164. Graham Greene, *Ens podeu deixar el marit?*
165. Blai Bonet, *Judes i la primavera*
166. Pere Calders, *L'ombra de l'atzavara*
167. Erich Fromm, *Per una ètica humanística*
168. Xavier Rubert de Ventós, *Per què filosofia?*
169. Friedrich Nietzsche, *La genealogia de la moral*
170. Italo Calvino, *Les cosmicòmiques*
171. Sebastià Serrano, *Signes, llengua i cultura*

172. Plató, *Apologia de Sòcrates. Critó. Eutifró. Protàgores*
173. Joana Raspall i Joan Martí, *Diccionari de locucions*
174. Joaquim Molas, *Lectures de poesia catalana*
175. J. M. Castellet, *Els escenaris de la memòria*
176. Josep Maria Terricabras, *Fer filosofia avui*
177. *El conte des de 1939*, a cura d'Esther Centelles
178. *El conte de 1911 a 1939*, a cura de Maria Campillo
179. Joan Maragall, *El comte Arnau*
180. *Antologia de la poesia modernista*, a cura de Jordi Castellanos
181. *100 llibres en un*. A cura de Joan Ducròs
182. *Tots els verbs i la seva conjugació*. A cura de Josep Milà
183. Daniel Defoe, *Moll Flanders*
184. Immanuel Kant, *Fonamentació de la metafísica dels costums*
185. Manuel Ibàñez Escofet, *La memòria és un gran cementiri*
186. Josep M. Albaigès, *Diccionari dels noms de noia*
187. Josep M. Albaigès, *Diccionari dels noms de noi*